朱少璋——著

魚雁志

應用文措辭例話及文化趣談

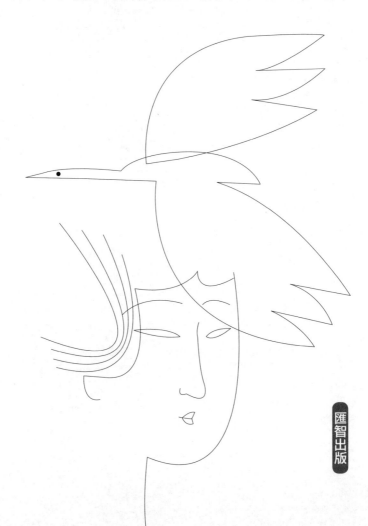

匯智出版

目錄

上篇：應用文格式措辭例話

下篇：應用文文化掌故趣談

附錄

前言

寫應用文可以很簡單也可以很複雜。說簡單，誠如張志公先生在〈談應用文〉中提及的親歷個案：

> 有一個中學生對我說，他不會寫請假條。我問他：「口頭上請假，你會嗎？」他說：「會。」我說：「那麼，假如我是你的老師，你生病了（比如頭忽然疼起來了），下午不能來上課，你向我請假，該怎麼說呢？」他毫不遲疑地回答：「張老師，我頭疼得很厲害，下午不能來上課了，請半天假。」我說：「你就這樣寫下來，下邊簽個名字，寫個日期，這就是很好的一個請假條，能打5分。」

這是直接我手寫我口，把要講的話寫下來，再加上名字和日期就可以了。如此看來甚是簡單，大概具初階作文能力的人都可以勝任有餘，根本用不着刻意地在中文教學中煞有介事地教。張先生心目中的滿分是多少呢？按五十年代大陸採用蘇聯學制的給分標準作合理推測，張先生打的5分極有可能就是滿分。

應用文最主要的任務當然是交代事務信息，交代信息是「寫甚麼」的問題，能回應的話，我絕對同意「能打5

分」。但怎樣交代信息卻是「怎麼寫」的問題，若能同時回應，我肯定能給學生「多打 5 分」。張先生接受像「張老師，我頭疼得很厲害，下午不能來上課了，請半天假」的寫法可能純粹出於他個人不拘小節、抗拒客套、強調效率的性格，卻未必可以放諸四海皆準，最起碼向老闆請假就不太像樣兼且極有可能要捱罵。所謂「像樣」的元素不一定就是完全沒有價值的繁文縟節或虛偽浮詞，這些「像樣」的元素反而往往是文化的本身或文化的折射，更可能是「地道」的標誌。正如中國人吃飯總要大費周章地先學會怎樣使用筷子，其實直接用手抓來吃一樣可以達到吃飯的目的，說吃飯用手抓「能打 5 分」我絕不反對——只要你真的願意用手抓飯吃。但我們為何還要學用筷子？又為何還要一代又一代地教自己的孩子用心好好地學用筷子呢？因為我們知道，用筷子吃飯這回事，在體現實用價值的同時，還體現了中國文化價值的某個切面。

應用文的格式措辭絕對可以，也絕對應該因應時世不同而改變，但絕非為了改變而改變，更絕非為了「不懂」或「無知」而改變。我們的文化已有太多因「不懂」或「無知」而給改變的例子，留下來的也許並不是優化的成果，而可能只是些斷梗殘枝，勉強支撐，卻還要裝成很有用的知識並插進中文教育去。老實說，唸這些課程，人只會越唸越蠢，越唸越膚淺。

已不只一次強調「教中文要在中文教育背景下施教」的

理念，我多年前寫的《規矩與方圓》、《聆聽學》和《説亮話》都堅持：在中文教育背景下教寫作、教聆聽、教講話都並非職業培訓。在中文教育背景下教應用文就更要小心別掉進職業培訓的泥淖。每所機構都有其撰寫應用文的傳統或規矩，學生畢業後入鄉一兩個月為了生存肯定很快就懂得怎樣隨俗，你在中文課上對學生怎樣「職訓」都不可能滿足不同機構的公文撰寫標準，在中文課上要教的反而是典型文案、表達大原則及文化默契。能掌握典型文案，則「不知足而為屨，我知其不為蕢」，雖不中亦不會相差太遠。能掌握精簡、得體、準確等表達大原則，對撰寫應用文或非應用文都有好處。能了解應用文的文化默契，才能撰作具修養而又地道的公文。

本書不是概説、不是精編、不是大全，更不是指南。上篇「格式措辭例話」與下篇「文化掌故趣談」都只是就一些應用文小問題而寫的短文。上篇提及的好些格式或措辭建議並非公文撰作的金科玉律，但都是值得關注的問題。下篇所談的文化點滴主要是看書時摘下的筆記，也趁此出版機會整理出來，與讀者分享。

事實上，坊間已有不少應用文專書，出版社的羅先生別出心裁，籌畫出版一部「不一樣的應用文專書」，我想來想去都只能向出版社交出這六十篇例話和趣談，也不知能否符合「不一樣」的要求。希望讀者能跟張志公先生一樣，起碼給本書打個 5 分。

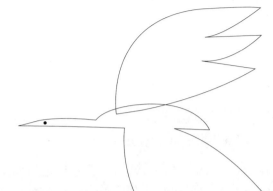

上篇：應用文格式措辭例話

緘

　　你有否見過發信人在信封上寫上「某某緘」?「某某」當然是發信人的名字,那麼「緘」是甚麼意思呢?

　　先講這個字的讀音。「緘」字與「鍼」字字形相近,常有人誤讀成「針」。其實「緘」字正音讀gaam[1],陰平聲,讀如「監牢」的「監」。成語「三緘其口」或常用語「保持緘默」,用的就是這個「緘」字。顏師古說「緘,束篋之繩也」,可見這個字的本義是捆東西的繩索,是名詞。為何繩索會與書信有關呢?那是因為古時的書信是夾在兩片木板中的,為了保密,寄信人會在木板上捆上繩索,那條繩子就是「緘」。「緘」字用作動詞時意指捆綁或封合,人們在信封上寫着「某某緘」,就是說這封信由「某某」封合或由「某某」付寄的,作用是要讓收信人在未開信前就知道發信人是誰。

　　前人寫信很着重禮貌,處處為收信人着想,總要把信寫得一絲不苟。在信封上寫上「某某緘」,用意是讓收信人心理上先做好讀信的預備,先作簡單的知會而不致於過分唐突。「緘」字既然是封合之意,那麼明信片上就不能寫「某某緘」,而只能寫「某某寄」,以符事實。有時為了令語氣更莊重些,可以寫作「某某謹緘」或「某某謹寄」,一旦用上了「謹」字,謙恭的意味就加強了。

由於「緘」字與書信的關係密切，因此「緘」也可以借代為「書信」，例如稱別人寄來的信，除了說「來信」之外，還可以尊稱為「大札」、「瑤函」或「寶緘」。例如：「大札三通，先後拜悉」、「寶緘三通，先後拜悉」。唐代大詩人李商隱〈春雨〉：「玉璫緘札何由達，萬里雲羅一雁飛」，句中的「緘札」指的正是書信而不是單指那條用來捆木板的繩索。

沙田鄉里道四九四號

李小明先生　大啟

九龍教育街十八號
陳匯智謹緘

最左一行用上了「緘」字

觀汝作家書

　　董橋在〈書窗即事〉中提到「實則詩人連一張便條都寫不通」的事實，值得我們深思。

　　按理詩人能夠寫詩，怎會寫不好應用文呢？這種情況原來自古已有，我們看南朝劉勰《文心雕龍》的〈書記〉，當中也談到「才冠鴻筆，多疏尺牘」的事實。作家也許很著名，但卻不能寫出及格的應用文（尺牘），那是因為語文表達的「基本功」不夠紮實，連清楚而有條理地交代信息的能力都尚未培養好，就迫不及待去寫詩寫小說，要這些「作家」寫一篇達意、得體而實用的應用文，就絕對有可能出現「連一張便條都寫不通」的滑稽情況。因此，我們不要看輕中文教育中的應用文教學，撰作應用文的能力，能直接反映一個人的總體表達水平。曹丕在《典論》中引用當時的一句俗諺：「汝無自譽，觀汝作家書。」意思是：不要自吹自擂，寫一封家書來看看就知道你的真本領。

　　應用文要求完整而有條理，得體而具修養，尚要交代清晰，精簡扼要；這些要求是語文表達的基石，基石不穩，難以更上層樓。大學者陳垣的兒子陳約說要讀《文選》，陳垣即指導他「箋啟書類最重要，應先熟讀」。莊信正說張愛玲晚年怕與人來往，怕接電話，更怕收信，因為她

怕回信，張愛玲說自己寫信很慢，「一封信要寫好幾天」；大概是態度認真，下筆要處處斟酌的緣故。張愛玲在給蘇偉貞的信上清楚強調電影劇本《哀樂中年》主要由桑弧創作，自己參與的成分甚少，並明確拒絕收取相關的稿費：「聯副刊出後您寄給我看，又值賤忙，擱到今天剛拆閱，看到篇首鄭樹森教授的評介，這才想起來這片子是桑弧編導，我雖然參預寫作過程，不過是顧問，拿了些劇本費，不具名。事隔多年完全忘了，以致有這誤會。稿費謹辭，如已發下也當璧還。希望這封信能在貴刊發表，好讓我向讀者道歉。」信中謙稱「賤忙」，拒絕則恭稱「謹辭」，退還雅稱作「璧還」（用藺相如完璧歸趙典故），既謙恭又達意。難得張愛玲「才冠鴻筆」而不疏尺牘，寫得出具水平的書信，「作家」二字，當之無愧。

家書

　　有一句俏皮歇後語「口傳家書」，家書口傳則只有「言」，卻沒有具體的「書信」，原來是說某人言而無信。

　　家書是家屬來往的書信，詩聖杜甫〈春望〉名句「烽火連三月，家書抵萬金」，在通訊不便的年代，大家都非常重視家書，亂世家書尤其珍貴，信中或報平安或敍親情，一字一句都是無價寶。鄭國江填詞的〈故鄉的雨〉，開腔就是「一封家書，一聲關注，一句平常的體己語，令我快慰，心裏滿是暖意，猶如令我置身春暉裏」，真切地道出家書的價值。

　　前人寫家書十分小心，尤其是晚輩致書家族中長輩，用字下語均要斟酌。從前書信都是手寫的，因此晚輩致書長輩字體不應潦草，字要寫得工整，一點一畫要寫得認真寫得清楚，不能率意地龍飛鳳舞。此外，家書中要避免用上「故」、「逝」等字詞，為甚麼呢？陳垣給兒子陳約的回信中就談到箇中原因：「故者舊也、所以也、死也。此字家信要小心用，斷不能用在人名之下……『故』字凡家信及電報均不可用，用容易嚇着人。此是大毛病，不可不注意。」因為「故」字放在人名前容易令讀信者誤會有人身故，是以家書中要避免用「故」字。例如「故祖母日夕思念……」，句中

的「故」字就易生歧義，不如逕改為「因此」或「是以」。同理，家書中也要避用「逝」字，一般用「過」字代替，如「機會一逝」宜作「機會一失」。

談到家書，就讓人想到兩部「家書」名著，一部是《曾國藩家書》，名句如「根好株好而後枝葉有所托；柱好樑好而後椽瓦有所麗」。另一部是《傅雷家書》，名句如「太陽太強烈，會把五穀曬焦；雨水太猛，也會淹死莊稼」。這些名人的「公開」家書，在報平安或敍親情之外，又兼具分享寶貴人生經驗的價值，實在應該細讀。

---

* 本文提及的《曾國藩家書》(選段)，見本書附錄。

恕乏价催

　　在傳統的喜帖上，除了交代一對新人的名字、婚禮婚宴的日子等重要信息外，帖末總會加上「恕乏价催」四字。這個四字短語看起來與喜帖的喜慶氣氛不大協調，「恕」字好像說有人犯了錯，「乏」字又有「不足」的負面意思，「催」字有「催促」之意，而「价」字在日常生活中就更加少見少用；四個字湊合在一起，令很多人摸不着頭腦。

　　「恕乏价催」的「价」字並不是「價」字的簡體，所以不能讀gaa^3，而要讀gaai^3，讀如「介」就對了。「价」用作名詞時是「僕役」的意思，明白了這個字的意思，喜帖末這個四字短語就不難理解了。客人出席婚禮或宴會都應準時，但主人家卻未能在這方面安排「僕役」或專人前去恭請或提示，所以在柬帖上說「恕乏价催」，一方面表示不好意思，以滿足社交禮貌的原則，此外還含有請客人務要準時的間接暗示。

　　新時代的喜帖大都刪去這四個字，原因很多，其中一個原因是現代人不喜用「恕」字，總認為用上了「恕」字，就意味着有人犯錯而要對方饒恕寬恕。說到底沒有安排專人前去恭請充其量是不夠周到而已，實在談不上「錯」，更談不上要得到別人的「恕」。但按上文下理去理解，「恕乏价

催」的「恕」字應指「體諒」，意思是「請您體諒我們沒法派專人前來恭請」，是謙恭用語，並不是向客人「認錯」。我們在日常生活中拒絕他人提出的某些要求時，也會用上「恕難從命」，「恕難從命」也是請對方體諒之意，絕非求饒。

您和您們

時下人愛在公函或私函上用「您」字，在「你」字下方加了「心」，看起來加倍親切。「你」、「您」二字粵音相同，但二字普通話發音卻有分別：「你」讀ni^3，「您」讀nin^2。講普通話時，尊稱別人時習慣用「您」而不用「你」，「您」字在普通話系統中因而廣泛使用。「您」字作為稱謂語（第二人稱），可以代替「你」字，用以表示或強調敬意。在應用文中為了加強敬意以符合禮貌原則，人們越來越喜歡在信函中使用「您」字，即使在粵方言區「你」、「您」二字發音相同，但書面上畢竟多加了一個「心」，讓收信人在視覺上感到受尊重，也是好事。但問題是「您」字只作單數人稱，不作眾數人稱，意思是：指眾數時可以用「你們」，但卻不能用「您們」。

有關能否用「您們」的討論有不少，贊成接受「您們」的主要強調約定俗成。但筆者仍堅持不用「您們」，原因很簡單，現代漢語的書面措辭大都以口語為基礎，普通話現時既然尚沒有「您們」（nin^2 men）的口語語用習慣，筆下就不應出現「您們」的用語。因此，在撰寫書信時如果考慮到內容將會同時提及個人和眾人，下筆時就要決定是否統一作「你」和「你們」，事實上「你」字從來就沒有「不敬」之意，

只是打從「您」字流行，「你」字才給誤解為不夠禮貌的代稱。如果真的要在書信中使用「您」，那麼當遇上眾數人稱時，就要依普通話語用習慣，用「您兩位」、「您三位」或「您幾位」，而不要使用尚未符合語用習慣的「您們」。當然，語文會變，口頭或書寫的用語也不停在變，將來「您們」一詞在口頭上大行其道的話，我們寫信的時候就自然可以「我手寫我口」，任意地「您們」一番了。

附筆一提，現在既有「您」字代「你」以表示尊稱，那麼第三人稱的「他」又有沒有加「心」的尊稱呢？答案是有的，那就是「怹」，普通話讀tan[1]，但「怹」字的用法在口頭或書面都不普及，建議撰寫書信時不要採用。

《康熙字典》已有「您」字

三凶四吉

　　現在流行使用西式橫開式信封，但有時候還會收到友好寄來的中式喜帖。傳統中式書信多用直式信封，古色古香，這讓我想起前輩的教導：「三凶四吉」。

　　「三凶四吉」中的三、四是指直式信封上出現的行數。我們或需先了解撰寫直式信封的基本結構：直式信封主要分為三個部分，這三部分稱為「三路」，即上路、中路和下路。直式信封靠右部分寫收信人地址，是為「上路」；中間部分寫收信人名字，是為中路；靠左部分交代由誰發信，是為「下路」。這「三路」按理可以用三行字交代，但傳統習慣則會同時考慮「三凶四吉」的文化潛規則，因此如非報喪報凶等書信，信封上絕不會只寫三行字。一般的做法是把上路收信人的地址作合理的分行，又或者在下路發信人名字前多加一行發信人地址，稍經調節，就可以迴避「三凶」的問題。

　　想起來又覺有點奇怪，中國人向來愛「三」厭「四」，因為「三」字與「生」音近，又有「三三不盡」之意，因此大受歡迎。「四」則因與「死」音近，大家都避用這個數字，好些新落成的大廈都沒有四字的樓層。但為甚麼傳統書信會有「三凶四吉」的潛規則呢？有前輩說那是因為報凶訊報噩耗

三凶

調節上路或下路，使三凶變四吉。

的書函一般寫得急忙，因此信封上只寫三行，只交代最必要的信息。只寫三行也同時讓收信人在開封閱信前做好接收壞消息的心理預備。

明代詩人高啟〈得家書〉云：「未讀書中語，憂懷已覺寬。燈前看封篋，題字有平安。」這詩道出收信人在啟封開信前的複雜心情。收信人最先看到的是信封上的字句，發信人周到些，寫信封在分行上避免出現三行的處理手法，對不知潛規則的收信人來說沒有影響，但對熟知潛規則的收信人而言則是得體、貼心的表現。至於時下常用的西式橫開信封在書寫時又是否有必要符合「三凶四吉」的潛規則呢？個人認為反正不需要任何「額外成本」，而「四行」的安排也並非難事，個人傾向作「四行」的安排。

如何貼郵票

　　香港從前是英國的殖民地，郵票上一般都印着英女皇的頭像。當時有一說法，說寄信時如果把印有女皇頭像的郵票貼倒了是對女皇大不敬，郵局會不受理，該信就會作廢。這說法也不知是真是假，但當時教應用文的老師，一般都會叮囑我們要把郵票貼得端正些，不要貼得歪歪斜斜。先不管倒貼「女皇頭」的書信是否真的會作廢，但收信人看到郵票倒貼了，印象也不會好，這倒是人之常情，是事實。聽說日本人把倒貼郵票的書信視為絕交書信，結交日籍朋友的話，這點倒要注意。

　　不倒貼郵票是常識，那麼把郵票貼在信封的右上角又是另一個常識。把郵票貼在信封的右上角是國際慣例。打從 1840 年的英國就有此做法，《萬國郵政公約》也認同這貼郵票的「默契」，自此各國在郵政、程序上漸漸配合，都鼓勵人們盡可能把郵票貼在信封的右上角。郵票固定地貼在右上角，本意是方便郵局人員用郵戳蓋銷郵票時提高工作效率。即使現代已進入機器自動蓋銷郵票的年代，蓋銷機器也按「國際慣例」設定為自動跟蹤貼在信封右上角的郵票。

　　使用西式橫開信封，郵票應貼在右上角，但如果用的是中式信封，郵票又該貼在哪兒呢？答案是貼在中式信封

的左上角。但這不是違反「國際慣例」嗎？不會，原因很簡單，中式信封送到郵局後，會給橫放當作西式信封處理。把中式信封順時針橫放的話，本來貼在直封左上角的郵票就會變成橫封的右上角，完全符合「國際慣例」。試想，如果把郵票貼在中式直封的右上角，一旦橫放，郵票位置就會變成在右下方，要蓋銷這枚郵票就得額外處理，因此而耽誤郵程，在所難免。

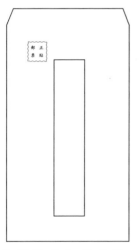

信封若是中式直封，　　　把信封橫放，郵票就在右上角，
郵票貼在左上角。　　　　符合「慣例」。

標點勿亂用

　　高維良在〈信封上的括號〉中注意到有人在信封上誤用、亂用括號的情況，他以中華人民共和國國家標準《標點符號用法》為據，證明「當前在信封上出現的各種括號，幾乎沒有一個不是多餘的」。高文中所舉例子如「×××（老師）收」、「×××（同志）收」、「×××（同學）收」、「×××老師（收）」及「××市××路××號王（緘）」，都值得我們注意。這些例子中的括號完全不符合《標點符號用法》裏「行文中註釋性的文字，用括號標明」的規定，是不規範、不正確的用法。

　　我還留意到不少人亂用冒號。好些人在信封上寫上收信人名字之後，會平白無端地加上了冒號。如「陳大文先生收：」或「陳大文先生台啟：」，這枚冒號正如高維良所言，「幾乎沒有一個不是多餘的」。冒號的作用是提引下文或表示引出解釋或說明，在書信的開首「敬啟者」或「陳先生」之後加冒號就用得對，因為「敬啟者：」或「陳先生大鑒：」之後是發信者要講的話，用冒號提引下文，正確不過。但在信封上收信人的名字後加上冒號就不符合相關的作用，所以不必加上冒號。至於在信末的祝頌語前一般會有「祝」、「敬祝」、「敬候」或「即叩」等用語，這些用語後

面也不必加上冒號的，只需按實際需要另行頂格寫上「大安」、「台安」、「時祺」或「身體健康」等祝頌語便可。附帶一提，不少人會在祝頌語後加上一兩枚感嘆號（如「生活愉快！！」），這都是不必要的。不恰當地使用感嘆號，還會給人不夠成熟、不夠莊重的感覺，無論是撰寫公函或私函，都要小心注意才好。

漫畫常會使用感嘆號，但書信則要盡量避免。

疊箋

　　蘇曼殊的《燕子龕隨筆》引錄過「挑燈含淚疊雲箋」，詩句中那張箋紙也不知是如何摺疊的。寫好了信，我們還要把信摺疊好，才放進信封內，問題是信紙該如何摺疊才算得體？著名學者陳垣強調「摺信亦要講究格式」，他認為橫摺可用於對下屬或對平輩，對尊輩則「應先直摺，然後按信封之長短，稍屈其腳」，並說「此亦常識之一，教科書所不載者也」。（見 1936 年 7 月致陳約家書）

　　我們在日常生活中也許都是隨意地摺疊信紙，但傳統上卻有疊箋的標準，值得注意。首先，摺信最重要是有字的一面向外，對摺而使字向內，是報凶的信。其次是要注意信紙摺痕，摺痕越少越好，從前的中式信封較大，信紙只需先作左右對摺，再作上下摺疊，即可入封，那是說，信紙只有橫直兩條摺痕。時下的信封（直式）較窄，A4 大小的信紙左右對摺已不能入封，因此就要把左右對摺調節為左中右等份的三摺，再作上下摺疊，才能配合信封的大小。緊記三摺或對摺的信寫字的一面向外，在信首收信人的名字要在最上面。上下摺疊時一般不在攔腰的中線位對摺，而應如陳垣所言「按信封之長短，稍屈其腳」，這才算夠尊重。這種摺法是有「屈膝」暗示尊敬的意思。在攔腰的

中線位對摺是鞠躬的意思，只用於平輩來往的書信。摺好的信（收信人的名字在上面），這信就可以放進封面朝上（面向讀者）的信封內。

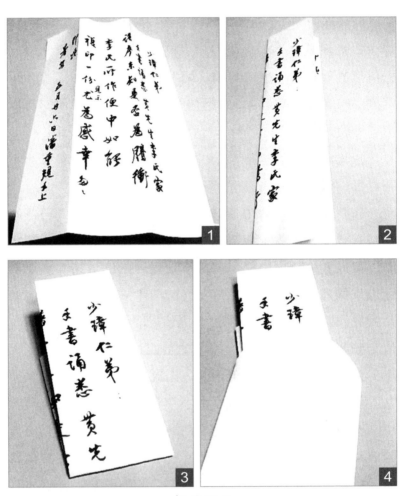

摺信圖示
（摺信次序：1 ── 2 ── 3 ── 4）

坊間流行不少摺信的形式，強調DIY精神，摺出來的成品有不同的幾何形狀，別致有趣，但處理莊重的書信就不宜採用。用西式信封的話，摺信原則與上面所講的大致相同，只是行文橫排的信應先按上中下三等分橫摺，收信人名字向上，信封若夠長可以直接入封，橫摺的信就不必「稍屈其腳」了。

「敬」、「啟」欺人

撰寫應用文常會用到「敬」、「啟」兩字，但兩字都欺人，使用時要加倍小心。下面先談「啟」字的用法，再談「敬」字。

說「啟」字欺人是因為這個字有不同解釋，一旦搞錯就會鬧出笑話。「啟」字有「啟告」和「開啟」的意思，這兩個義項在應用文中都常用，不可混淆。公函的開首和結尾就常出現「啟」字，如「敬啟者」、「陳大文謹啟」，此處的「啟」字用的是「啟告」或「啟稟」的意思。在信封面，我們也常見到「李小明先生台啟」、「張小芬小姐收啟」，這裏的「啟」字卻是「開啟」的意思。

分清「啟」字在應用文中的兩個常用義項，就不容易出錯。最常見的錯誤是在信封上寫上「李小明先生敬啟」，寫信封的人以為「敬」有敬意，符合禮貌原則，但卻忽略了「啟」字在這裏是「開啟」之意，「李小明先生敬啟」就變成了要求收信人李小明要很尊敬地開啟這封信，試想一想，這要求合理嗎？這要求符合社交禮貌原則嗎？

說「啟」字欺人，其實「敬」字也欺人。應用文中的「敬」字一旦換了主語，效果就很不同。書信的禮貌大原則是要求發信人尊敬收信人，但不可以倒過來要求收信人尊敬發

信人。「李小明先生敬啟」固然可笑，若改為「李小明先生敬收」或「李小明先生敬閱」，其實一樣可笑。所以使用「啟」字要小心，而「敬」字雖然不涉義項的誤用，但在使用時也要處處照顧到主語是誰，否則反而變成了「不敬」。

「啟」字的甲骨文，原是以手開門的意思。

「啟」字的金文下方多了「口」。

抬頭

　　為了表示尊重收信人，傳統書信中有「抬頭」的格式。

　　「抬頭」分平抬、挪抬兩種。「挪抬」就是在收信人的名字前留空一格。「平抬」則是在提到收信人的時候另行頂格續寫。兩種抬頭的意思都是表示尊重，但要注意，行文中除了明確提到收信人要抬頭，就連暗示到收信人的地方都要抬，例如「恭請老師光臨敝校演講」一句，假設「老師」是收信人，為表尊重，「老師」之前就要抬頭：「恭請　老師光臨敝校演講」。又如「已遣專人在門前恭候，接待未周，尚望原宥」，句組中雖然並沒有出現「老師」二字，但「原宥」的隱藏主語是「老師」，因此要挪抬，作「尚望　原宥」。

　　為便行文，現今書信中的抬頭多用「挪抬」，換行頂格書寫的「平抬」已不多見。但原來尚有更隆重的「單抬」、「雙抬」和「三抬」，也頗有趣。「單抬」是另行並高出一格書寫收信人的名字或稱呼，對象一般是長輩。「雙抬」是另行並高出兩格書寫收信人的名字或稱呼，對象一般是父母或祖父母。「三抬」則是另行並高出三格書寫收信人的名字或稱呼，對象一般是皇帝或自己的遠祖。「抬頭」的對象有時也不一定是收信人，封建時代皇帝又稱天子，下詔下旨時的文書因為要轉述、下達皇命，同樣十分講究「抬頭」的學

問。像下面的聖旨，開首「奉天承運　皇帝制曰」就已提及「天」和「皇帝」，這兩個名詞在聖旨中都一定要抬頭，又由於「天」比「皇帝」地位更高，所以「奉」字之後另行並高出三格寫「天」字，是為「三抬」，用以表達最高的敬意。「皇帝」就另行並高出兩格書寫，是為「雙抬」。

我們翻一翻中譯本的《聖經》，也可以看到「抬頭」這種傳統格式。像和合本的《聖經》，當提到「神」的時候，經文中的「神」字前面會留空一格，這就是典型的挪抬格式了。

奉
天承運
皇帝制曰官有司城尹警巡之專國方行
慶逮副貳以新綸爾南兵馬司副指
揮加一級張惇典於贊政敬以效能
緝暴詰姦克勞於輦下程功考績因
錫命於端茲以覃恩授爾為儒林郎
錫敕命於戲布澤維均示大庭之體
承恩彌惕昭庶職之小心

聖旨中的抬頭格式

謙側與敬側

為了表示尊敬，書信可以採用「抬頭」格式；為了表示謙虛，則可以採用「側書」的格式。

在信函中提及自己的名字時，字要右側而略小，是為「謙側」。有人在橫式書信中仍堅持「謙側」，個人認為大可不必。「抬頭」也好「謙側」也好，都是傳統書信的特有格式，橫式書信壓根兒就是濫觴於西式文書，在橫式書信中硬要「抬頭」終於變成向右移一格，根本表示不出「抬頭」的敬意。在橫式書信中若堅持「謙側」，實際上又是無「側」可言，最終卻變成讓自己的名字高高地飄在上方，效果適得其反。因此，橫式書信我從來不抬頭也不謙側，並非為了省事，而是理該如此。

「側書」中還有一個「敬側」。「敬側」只用於信封面，在信封的中路交代收信人的姓名時，姓氏不用敬側，但名字就要右側而略小，是為「敬側」。「謙側」和「敬側」在表面上是沒分別的，都是把名字寫偏寫小，但意思卻恰恰相反，切勿在信函中側寫了對方的名字才好。

謙側和敬側都是應用文的舊規矩，不必盲從，反正今天橫式書信已大行其道，舊規矩根本很難配合。但我們卻可以藉此欣賞一下前人的細密心思：自己的名字「謙側」，

就好像拍照時主角總是在中間的位置，次要人等總在兩旁，謙側正好能讓收信人具體地在視覺上感到對方的謙卑。在信封上把收信人的名字作「敬側」處理，則多少帶點聽覺上的挪移效果，叫喚別人的名字不必「大聲疾呼」，而應溫柔斯文，「敬側」就大有不敢直呼其名的意思，可謂「側」得非常有理。

稱父親為先生

「稱呼」是表達禮貌的重要符號，起碼在中國人心目中是如此。我們的文化是「名不正則言不順」，尤其重視對長輩的稱呼。例如遇上父親的長輩，見面時口頭可稱「老伯」，但書信上則不寫「老伯」而要寫「丈」，諸如此類，極其講究。

談到重視對長輩的稱呼，讓我想起大作家三毛的一段故事。話說 1979 年三毛（本名陳平）的父母乘着到歐洲旅遊的機會，要到女兒海外的住處見一見西班牙籍女婿荷西。兩老駕臨，外籍女婿荷西緊張得不得了，問三毛在機場見面時是不是該尊稱她的父親做「陳先生」，三毛大吃一驚，說：「你要叫他爸爸，如果你叫他陳先生，他會馬上乘原機返台北。」

口頭上稱「岳丈」為「先生」固然不妥，信函的上款就更加不能亂寫。三毛要荷西叫一聲「爸爸」算是貼心的安排，中國人把女婿稱作「半子」，親切些叫爸爸，無妨。只是凡事不能一成不變，例如給父母親寫信，就要注意信封上千萬不要寫父親或母親。

給親人寫信，很多人會在信封上寫上親屬稱謂，如「陳大文父親收」、「李小芬母親收」、「陳大志表兄收」、「李芬芬

姨母收」等等。信封上的信息其實是給送信人或郵差看的，因此，一切親屬稱謂都不應在信封上出現。那是説，如果荷西要給岳丈大人寫信，信封上應該寫上「陳嗣慶先生台啟」，而不是「陳嗣慶父親大人台啟」或「陳嗣慶岳丈大人台啟」，寫信給其他親屬，寫信封的大原則均準此例。當然，一些非親屬關係的稱謂是可以寫到信封上的，如「老師」、「教授」、「醫生」、「主任」等稱謂則無妨。

書信中的弟與兄

　　與老前輩通信可以學到很多溝通上的寶貴知識。多年前曾寫信向潘重規先生請教一些研究材料上的問題，蒙潘先生賜教，有問必答，賜函皆毛筆手書，措辭、格式、書法，無一不好，多讀多想，得益非常多。

　　有一次在公開講座上展示潘先生的賜函，旨在讓與會者了解傳統書信的一些特點。我當時特別強調潘先生賜函中的上款雖然稱我為「少璋仁弟」，但我回信時卻不能也不應稱對方為「仁兄」，否則一定鬧笑話。話說聞一多寫信給學生陳夢家，以「弟」相稱，陳氏回信竟真的稱老師為「兄」，最終給老師教訓了一頓。事有湊巧，成名後的陳夢家寫信給學生王瑤，也稱對方為「弟」，王瑤居然又是以「兄」回敬老師。

　　應用書函稱謂中的「仁弟」一般不是指與「兄」相對的「弟」，因此收到信件見上款寫「仁弟」，回信稱對方為「仁兄」的話就大錯特錯。「仁弟」在應用書信中有兩個意思，其一是對位卑年幼者的稱呼，其二是師長對弟子的稱呼，兩個意思都包含親愛之意，是得體、慈藹的用語。要知道對方用的是哪一個意思，就要先理清自己和發信人的關係。以上面談到的信函為例，潘先生是我老師（鄺健行老師）的

老師，信中的「仁弟」應是對位卑年幼者的親切稱呼。早前蒙鄺老師賜贈大作《杜甫論議匯稿》，老師在扉頁上親筆題寫「少璋賢弟清覽」，句子中的「賢弟」正是師長對弟子的稱呼。少璋作為「仁弟」、「賢弟」，卻絕不能把前輩和老師稱作「仁兄」。更何況，書信稱謂中的「仁兄」除了指有血緣關係的胞兄外，一般只用作對同輩友人的尊稱。上款是書信的第一句話，如果在給前輩的書信上胡亂地稱呼「仁兄」，簡直是「開口就錯」。古人說君子之學貴慎始，寫信，也當作如是觀。

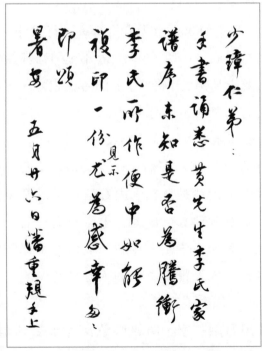

潘重規先生賜函

孤行不成頁

　　書信中要交代的信息多，有時需要多用一兩張紙，現時西式書信在轉頁時有「P.T.O」字樣，意思是please turn over，提示讀信人關注另開新頁尚有下文。有需要的話，中式書信也可以寫多於一張信紙，但傳統上卻沒有類似「P.T.O」的提示。下文要談的倒是要注意另開新頁是否真有必要？又怎樣才能「成頁」？

　　陳垣說「凡寫信末頁至少有二行，三行較佳，一行不能成頁也。此為大戒，切切。」（1936年12月致陳約家書）孤行不成頁的要求是出於「惜紙」上的考慮也好，出於「美觀」上的考慮也好，都屬於要求或理論，但在實踐上如果信的內容真的需要另紙多寫一行，那該怎麼辦？

　　前人寫信要先打好腹稿，一頁紙寫多少行，一行寫多少個字，採用平抬還是挪抬，內容信息重點及重點的先後次序，全都要有個預算。因此，末紙只寫一行的話，是表示寫信的人部署功力未足，在新一頁信紙上孤零零地只多寫一行或半行，令人覺得寫信的人是隨想隨寫，沒有在篇幅上先作預算，態度不夠認真。

　　現在若用電腦打字，問題似乎容易解決。調節一下字款、字距或行距都可以避免出現「孤行」。手寫文書的話就

真的要想清楚才下筆，又或者先起好信稿，點算清楚安排
停當再行抄寫正稿，否則寫到紙的一大半才發覺「紙短情
長」，就很難補救。當然，壓縮行文是一個做法，倒過來思
考，擴寫某些信息也可以避免出現「孤行」。若發現需要另
起新頁才能完成全信，而前文又「大勢已去」，那麼就不如
「努力面前」，在交代餘下的信息時恰當地寫得詳細一點，
又或者在信末加些問候語、期盼語或祝福語，「孤行」的問
題，當可解決。

日期中的 0、〇、零

撰寫應用文，除了便條只署「即日」外，其餘幾乎一定要清楚交代發文的日期，交代日期就涉及數目字，以下談談數目字中的「0」（〇/零）。

在書面表述數字，那個在-1與1之間的整數，可以寫作「0」、「〇」或「零」。以應用文署寫日期為例，若要署寫公元1999年之後的一年，較常見的有以下四種寫法：「公元2000年」、「公元二〇〇〇年」、「公元二零零零年」或「公元二千年」。當中以「公元二〇〇〇年」這寫法較具爭議。有人認為「〇」不是漢字，主張用「零」，也有人反對，莫衷一是。

以下談談我的使用習慣和看法。我是主張用「〇」的，理由也不是純粹因為筆畫多少的問題，而是「〇」字已給接受為規範漢字。查《現代漢語詞典》可以找到「〇」字，解釋是「數的空位，同零，多用於數字中」，詞典舉了「三〇六號」和「二〇〇五年」兩個例子。那是說，阿拉伯數字「0」有「零」和「〇」兩種漢字書寫形式。一個數字用作計量時，「0」的漢字書寫形式為「零」；用作編號時，「0」的漢字書寫形式應作「〇」。舉例：「2047位人士」是計量，若改寫成漢字數字形式應為「二千零四十七位人士」，不寫作

「二千〇四十七位人士」。「公元 2037 年」若按計量原則改寫成漢字數字形式，應作「公元二千零三十七年」，若按編號原則改寫則應作「公元二〇三七年」，而不是「公元二零三七年」。以上提到「零」與「〇」的用法，2011 年正式實施的《出版物上數字用法》已有明確規定。

　　「零」字本義是零碎、零散或落下，而女皇帝武曌則以「〇」作為新造的「星」字。「零」字與「0」諧音、「〇」字因為與「0」形近，兩個字最後成了「0」的漢字書寫的兩種形式，也不能不說是「異數」。

合理分行

　　撰寫商業直銷函件有一條「黃金律」: 凡是帶商業推廣動機的直銷信要留意直銷的產品名稱在信函中的位置,產品名稱是信函的「主角」,在給客戶或銷售對象的函件中,產品名稱不能「分行」。就是說,產品名稱總要完整地安排在同一行,這樣客戶對產品的印象才夠完整和深刻,信函就可以更有效地取得推廣、行銷的效果。要在撰寫直銷函件時實踐這條「黃金律」,就要合理地調節信函的上下文——增刪字詞或重組句段次序,都是很管用的方法。

　　日常生活中撰寫直銷信機會畢竟不多,但撰寫一般書信其實也要活用上面提及的「黃金律」。日常的公私信函中,大凡遇上要交代日期、編號、地名、人名等信息時,都要細心留意在「分行」後會否為讀者造成不便或引起誤解,如有,則一定要在可能的情況下盡量調節信函的上下文以作遷就,務要做到分行合理,避免不合理的「割裂」,從而避免因分行而產生不必要的歧義,以下幾點必須注意:

　　日期: 信函中的日期往往是重要的信息,「四月二十八日恭候光臨」一句若因分行而割裂了「二十八」三字,另行行首就有可能出現「十八日」或「八日」,讀者若不留意,就極有可能搞錯日期,後果可以非常嚴重。

數字：涉及號碼數目也要小心，電話號碼總不應分行書寫，提及金額數目也要在意，「謹奉演講費三千三百元」一句，若在「千」字後分行，另行行首就會出現「三百元」，在主觀感覺上容易令讀者誤會。

人名：至於人名則按禮貌原則，也不應分行割裂，遇上複姓如「司馬」、「歐陽」、「諸葛」尤須切切注意。

此外，雙重否定句或反問句中的否定詞在分行前也要瞻前顧後才好下決定。如「不得不作提早退休之想」或「陳教授怎會不是好老師」，行首出現「不作……」「不是……」的話，就易生誤會，宜避。

我在教學過程中，常教學生在修改信函初稿時一定要具備「小人之心」，意思是要刻意自我挑剔，更不要一廂情願地假設讀者一定具備上佳的閱讀理解能力。寫信的人要處處為對方着想，配合遷就，務求信函得體，內容交代要清楚明白。曾在網絡上瘋傳的「南京市長江大橋」，因有人把這七個字刻意理解為「南京市長」名叫「江大橋」而成為「名句」，雖說是要貧嘴，但畢竟有點創意，亦堪解頤。但假若撰寫信函時真的草率地在「京」字後分行，致令「市長江大橋」在另行行首出現，這就肯定不是創意的問題，而是公文撰作修養和態度的問題了。

活用附件或表格

　　人們在日常生活中總會有過「難以啟齒」的經歷，撰寫書信也會不時遇上「難以下筆」的情況，比如要在信中提及費用、工作描述或某些條件時，對方是前輩的話，下筆就常會感到「不好意思」，生怕措辭不佳，令對方感到不受尊重。

　　上面提及的「厭惡性」信息卻又往往是信函的重要信息，必須交代，為了要同時兼顧讀信人的感受，我會建議盡可能把這些重要的「厭惡性」信息換成信函的附件或在信函中用表格形式表述，而盡量不要把這些信息穿插聯綴在段落中。改用表格或附件交代這些信息，策略原意是把「厭惡」部分獨立起來，以盡量保持信函原有的尊重氣氛。例如要發信邀請某位前輩出席一個各自付費的晚宴，「各自付費」及其相關內容就屬於重要而帶「厭惡性」的信息，「講錢失感情」，下筆欠妥事情便辦不好：

> ……誠邀台端出席 4 月 6 日晚宴，業界先進藉此機會聚首一堂，交流聯繫，敬希撥冗光臨。餐費自理，每人 500 元正，並請付現金……

信息雖然清楚，但讀起來總不免生硬，而且有點唐突。反

正「各自付費」的相關信息不多也不複雜，改為附件也許「勞師動眾」，倘直接改為表格形式，一樣可行：

　　……誠邀台端出席 4 月 6 日晚宴，業界先進藉此機會聚首一堂，交流聯繫，敬希撥冗光臨。晚宴安排細節如下，敬請垂注：

　　地點：九龍大樹街 888 號皇帝酒店 3 樓中菜廳

　　日期：2015 年 4 月 6 日

　　時間：晚上 7 時正

　　餐費：每位 500 元正（請付現金）

對比兩種寫法，站在讀者的角度設想，部分採用表格式的寫法不單有條理、眉目清楚，而且能做到「講錢」而不失「感情」，是很得體而有效的表達方式。

郢書燕説

　　《韓非子・外儲説左上》有一則「郢書燕説」的故事，十分有趣。話説古時候有一位住在楚國郢都的人寫信給燕國的相國，寫信的時候天色已晚，書桌旁的燭光不夠亮，這人就對掌燭的僕人説「舉燭」，意思是要把蠟燭舉高一點。可是，由於他嘴裏説「舉燭」，也同時不期然把「舉燭」二字寫到信裏去。燕相收到楚人寄來的信，自作聰明地以為「舉燭」就是對方建議燕國要施行像燭火一樣光明的政策，燕相把這封信和自己的「理解」告訴了燕王，燕王也深信不疑，並按燕相對「舉燭」的「理解」治理國家，居然把國家治理得很不錯。成語「郢書燕説」講的就是這個典故，是穿鑿附會、曲解原意的意思。

　　「郢書燕説」是一宗關於美麗誤解的半虛構個案，故事中的燕國因此而大治算是錯有錯着的完美結局。那位燕相思路正面積極，能把一句無心的話理解成治國之道，結局雖好，畢竟是「意外」地好。凡事兩面，既能「意外」地好，也可能「意外」地壞。2014 年「馬航」在航機失蹤事故後為了改善業務，設計了新廣告以求吸引各地乘客的注意，其廣告文案為「Want to go somewhere but don't know where」，意思是「想去玩，卻不知去哪裏」。廣告推出後，馬航立

即遭到批評，有人認為這則廣告文案刻意讓人聯想起航機失蹤事故，馬航似乎是在別人的痛苦上進行個人的業務推廣，未免涼薄。為此，馬航很快就撤下廣告，並對此事造成的影響致歉。馬航在社交網站發表聲明，澄清有關廣告文案無意冒犯任何人，文案的原意只為啟發旅客前往未曾到過的地點遊玩。所謂言者無心聽者有意，有時候也不一定是讀者或「聽者」過敏，而更可能是作者或「言者」敏感度不足，想得不夠周到。廣告文案也是應用文常見的文類，措辭用語與私函家書相比，影響可說是既深且廣，下筆時就要加倍小心，以免引起公眾誤會。

談到言者無心聽者有意，尚有一例可以分享：在公私信函或來往電郵中，除了引述別人的話，應迴避使用「歡送」一詞。某人離開本屬部門或單位，同工為此而籌組聚會或派對，是社交常事，但在發通告或撰寫邀請信函時，卻往往用上了「歡送」，如「歡送會謹訂於……」、「歡送陳主任派對謹訂於……」，一個人離開總有不同原因，或遭解僱或另有高就，但用「歡」字「送」人，站在離職者的角度，意思上是否總有點不倫不類，讓人啼笑皆非呢？負面地把「歡送」理解為「欲除之而後快」算不算「小人之心」不好說，但若然選詞斟酌之權在我，我認為「惜別」（會）、「送別」（某人）更為妥貼。

家母、舍弟、令尊、府上

常說用字如花錢，省得一個是一個，用字花錢都不應胡亂揮霍。寫應用文尤其重視精簡，蛇足務要一一刪掉，不要浪費讀信人的寶貴時間。下面以「敬詞」為例，說明個人對刪掉蛇足的一點想法。

使用敬詞有兩個分類的小口訣：「家尊舍卑令他人」、「上貴賢為敬，下敝愚為謙」。那是說，大凡在信函中提到己方親屬中的長輩就冠以「家」字，如「家母」、「家父」，提到與己方親屬中的後輩就冠以「舍」字，如「舍妹」、「舍弟」。如果是提到對方則冠以「令」字，如「令尊」、「令兄」。又大凡要表示尊敬，一般會冠以「上」、「貴」、「賢」等字，如「府上」、「貴子弟」、「賢兄」。如要表示謙恭，一般會冠以「下」、「敝」、「愚」等字，如「舍下」、「敝子弟」、「愚弟」。上面所舉的常用敬詞，都多少帶點文言氣息，把這些用語穿插在白話行文中，就要特別小心。這些敬詞本身在溝通默契上已隱含了「你的」或「我的」意思，使用時透過語境的補足，意思已十分明白，若再明確地加上第一人稱或第二人稱代詞為定語，就不免架床疊屋、畫蛇添足。要應用文行文精簡，就要養成由小處着眼的習慣，像應用文中常會出現的家母、舍弟、令尊和府上等用語，常會平白

無端給寫成「我的家母」、「我的舍弟」、「你的令尊」和「你的府上」。

　　但有一點要注意，像「令尊」這個敬稱，在稱呼第三者（他）的父親時，按表意上的需要，可以在敬稱前斟酌加上第三人稱代詞為定語，如「他的令尊」。《紅樓夢》第二回就有「他令尊也曾下死笞楚過幾次」的語例。也不得不承認，我們在許多中國話本小說中都可以找到「你令尊」的語例，有人認為既然於古有據，可以照用。筆者的回應是：並非不行，而是不夠好。措辭標準談對錯，是初階入門，更高的境界是談標準以外的「好」、「不夠好」和「不好」。《笑傲江湖》第三十六回勞德諾對岳靈珊說：「那也不是旁人，便是你的令尊大人」，二師兄對小師妹說「你的令尊大人」不是錯也並非不行，但在已有足夠溝通默契的前提下作取捨，個人認為刪去「你的」，一定更好。

死信

無法投遞的信件，郵務機構會稱之為「死信」。這些死信多是沒有完整或正確的投寄地址，因此郵務人員就無法送信，用「死」字作形容，那是表示絕望的意思了。參考香港郵政署在 2012 年提供的數字，香港每天平均有約五千封「死信」之多，數量不可謂之不驚人！

要避免自己寄出「死信」，就要留意投寄地址，書寫時字體務要端正清楚，不要「龍飛鳳舞」，最重要的是地址務要交代詳盡準確，切勿「憑空捏造」。以香港郵政署提供的一些「死信」個案為例，有好些人亂寫街道名稱，想當然就下筆，完全不理會是否正確。例如有人把鴨寮街寫作「電子零件街」、把文咸西街寫作「南北行街」，這都只是一廂情願的寫法。又有些人在寫地址時受了中英互譯的干擾，一不小心就會寫錯：Causeway Bay是銅鑼灣，但銅鑼灣道的英文是Tung Lo Wan Road而不是Causeway Road，Causeway Road是高士威道。郵政署還說有些人「自創縮寫」，例如以「HV」代表Happy Valley（跑馬地）、以TKL代表Ta Kwu Ling（打鼓嶺），令郵務人員傷透腦筋。

街道名稱有時也會有變化，寫地址時就應更小心，不宜採用已廢用的舊名稱，否則易致郵誤。電影《食神》中「雙

刀火雞」憶述自己在江湖廝混的光榮歷史,她説當年拿着菜刀追着對頭人「喪標」:「從西貢街追到公眾四方街。」電影對白要求有懷舊味道,用上了Public Square Street的舊譯名(公眾四方街),但這條街今天已改譯為「眾坊街」。又如Salisbury Road,中文舊譯為「梳利士巴利道」,後來改譯「梳士巴利道」;今天寄信寫地址倘遇上這些名稱,都應採用新譯。

Causeway Road中譯並非銅鑼灣道,而是高士威道。

先生是男還是女

「先生」並非只有「Mr」的意思，按一般工具書的解釋，起碼有以下各種意思：對一般男子的尊稱、妻子對他人稱自己的丈夫、對老師的尊稱、對年長有道德學問或有專業技能者的尊稱、古時對士人的稱呼、對道士的稱呼、老上海話對妓女的稱呼。在往來書信、公私函件中，常會遇上「先生」，這個詞語雖然常用，但若深究起來，學問是挺多的。下面為大家談談「先生」的性別問題。

尊稱德高望重而又具知名度的女士為「先生」，有人反對有人贊成。2005年周有光發表文章，認為女士不宜稱先生，理由是混淆性別、重男輕女以及《現代漢語詞典》沒有相關義項。2007年李遠明撰文反駁周氏的觀點。

按道理，尊稱德高望重而又具知名度的女士為「先生」並不容易造成性別混淆，因為前提包括「具知名度」，使用的前設是該女士不單德高望重，而且有聲望，稱這類女士為「先生」，原則上是不會搞錯性別的。如在書信中提及「宋慶齡先生」（孫中山夫人）或「楊絳先生」（錢鍾書夫人），似無大礙。措辭重男輕女的講法，也實在不必過分上綱上線，對女士但稱「英雄」不必改稱「英雌」，「虎父無犬子」不必改為「虎父無犬女」。至於權威工具書的參考義項，

2005 年第五版的《現代漢語詞典》確實沒有相關義項，但
2012 年第六版的《現代漢語詞典》已作補充：「有時也尊稱
有身份、有聲望的女性」。當然，若在信函的上款尊稱女性
受信人為「先生」，下筆前大概要考慮一下對方對「先生」的
接受程度，最起碼要考慮對方有沒有這方面的認識，「知己
知彼」，溝通傳意才更有效、更得體。

　　1984 年宋美齡寫信給鄧穎超，上款寫「穎超先生大
鑒」，內文亦同，如「聞先生曾幾遭險厄」、「先生高壽已登
耄耋」。1988 年鄧穎超致書宋美齡，上款是「蔣夫人美齡先
生大鑒」，內文則稱「夫人」。宋、鄧兩位在近現代中國歷史
上舉足輕重的女性，雖則政見立場不同，亦各傾肝膽，互
稱「先生」，真可說是惺惺相惜。

禮鑒、禮安及其他

　　應用文的套語現成，一如我們常用的成語，使用十分便捷，更何況寫應用文跟寫詩寫小說不盡相同，不必太強調新意創意，現成套語為公文撰作提供方便，我常建議學生不妨多記幾個套語，下筆就更容易成篇。但我同時強調，套語不能完全望文生義，如果不肯定某個套語的意思，寧願不用，以免出錯。

　　說套語不能完全望文生義，並非說絕對不能。比如祝頌語中的「痊安」，顧名思義，從「疒」部多與疾病有關，把這個用語理解為「痊癒平安」，大概不差。又如「誨安」，「誨」有教誨的意思，由教誨聯想到老師，也合情理，這是向老師問好的用語。但凡事有例外，太生僻的不談，且談套語中的「禮」字。傳統提稱語「禮鑒」、祝頌語「禮安」，如果單看字面，「禮」字是很正面、很恭謹的用字，但原來這兩個用語只適用於居喪者，因此不要以為「禮多人不怪」，動輒就叫人「禮鑒」、向人請「禮安」。

　　2003年宋美齡在紐約寓所逝世，李登輝向其家屬寄發的電唁簡潔而得體：「蔣夫人宋美齡女士家屬禮鑒：驚悉蔣夫人今晨在美逝世，震悼殊深，謹電致唁。敬祈禮安。」電唁中的提稱語（禮鑒）和祝頌語（禮安）都用得規矩，「敬祈」

的「祈」字與「禮安」的「安」字失了呼應，倘酌改為「敬請」，似乎好些。當然，公文不一定用文言筆調，全用白話只要情詞誠懇，一樣得體，但生死畢竟大事，下筆總要三思。朝鮮國家主席金日成逝世，中國向朝鮮發出的電唁以白話撰寫，不是問題，問題卻在於下筆欠斟酌，當中一句「向全體朝鮮人民致以最深切的哀悼和最誠摯的慰問」，殊失禮數。向朝鮮人民致以慰問當然可以，但向朝鮮人民致以「深切的哀悼」就不妥當也不符事實：朝鮮人民還沒有死，為何要哀悼他們呢？

誰送菠蘿給孫先生

讀上好信札，既學「抒情」，也要學「說明」。

說明，是把要交代的意念清楚而有條理地表達出來，信札要做到「說而能明」，殊非易事，而應用文之所謂「應用」，總多少與「說明」有關，倘若信函涉及公事，下筆就更加不可「含糊其詞」。

2012 年 10 月，香港特區政府康樂及文化事務署、新加坡晚晴園—孫中山南洋紀念館合辦了一個名為「俏也不爭春——孫中山的新加坡同志」的展覽，場上展出了一封孫先生寫給張永福的信。由於是孫先生的手筆，「名人效應」有利教學，我曾不止一次在公開講座用這封書信為例，分析當中的「說明」效果及相關措辭技巧。據個人觀察，與會人士對這個例子一般都很受落，可見簡單直接實用的文案，一樣有欣賞的價值。信的主體內容是這樣的：

> 永福兄鑒：茲收到波羅（即菠蘿）十箱，稱為兄所贈，但未見兄親筆之信，恐有別情，故特函詢。確若果為兄所贈，請為賜答為荷……

這封信完全不涉抒情，下筆即開門見山，說明收到甚麼水果（菠蘿），並清楚說明數量（十箱）；完全沒有加上傳統書

信的「思慕語」，而是直入正文。接着交代致函之目的（故特函詢）及緣起（稱為兄所贈，但未見兄親筆之信），意思非常突出而明確。收結處道明要求（確若果為兄所贈，請為賜答為荷）。這封信若說是應用文，「應用」二字真是當之無愧。再看措辭：「稱為」表示不確定，「恐有」表示疑惑，「故」字承上因果具條理，「若」字為是否事實留一字的餘地，「請」、「賜」表示傳統書信的禮貌。可見整封書信用字下語部署嚴密，而全信由頭至尾都沒有就對方送水果的事道謝，理由是發信時尚未確知水果是不是張永福送的，若在信中言謝，未免過早了。

禮封禮帖

學寫應用文最好能與生活拉上關係，才有機會學以致用。比如紅白二事的禮封，令不少人感到頭痛，不知該怎樣下筆才算得體及格。

紅白二事都少不免涉及送「禮」，這份「禮」是表達個人心意的具體表現。從前的「禮」大都是實物：賀人家結婚，會送一副喜幛或小量金飾；賀人家生日，會送些「壽麵」或賀聯；人家若辦喪事，則會送輓聯或鮮花。時下卻多以金錢代替，反正辦紅白二事主人家都要花錢，以金錢當作心意也是實用而體貼的做法。致送禮金，一般會把支票或現金放在「禮封」內。不時有親友問紅白二事的禮封或內附的禮帖該怎樣寫，我打趣地說「吹嗩吶」——民間的婚喪紅白儀式中都得用上嗩吶——意思是紅白禮封禮帖的寫法其實大同小異。由於日常生活幾乎都以金錢充當禮物，以下僅就此作一說明。

禮封：是指用來放禮帖、禮金的紙封，這紙封一般是中式直開信封，紅事禮封是紅色或緋紅色，白事禮封則為白色或淺栗色。禮封只需寫中路和下路。紅事禮封中路抬頭大字寫「賀儀」兩字，下路在禮封的左下位置寫送禮人全

賀
儀

陳匯智敬具

紅事禮封

奠
儀

陳匯智敬具

白事禮封

賀
敬

謹具菲儀　奉申

陳匯智敬具

紅事禮帖

奠
敬

謹具菲儀　奉申

陳匯智敬具

白事禮帖

名並加「敬具」二字。白事禮封只需把中路的「賀」字改為「奠」字即可，下路寫法紅白相同。

　　禮帖：是指在禮封內附的一張單面紙帖，直式，紅事用紅，白事用素。禮帖一般分上中下三路，格式紅白均同。上路，帖右起首約低兩字字距先寫「謹具菲儀」四字（「菲」是微薄的意思，禮帖上常用的自謙用語），同行約空一字字距續寫「奉申」二字。中路，置中抬頭（頂格）大字寫「賀敬」兩字。下路，在左下位置寫送禮人全名並加「敬具」二字。白事禮帖只需把中路的「賀」字改為「奠」字即可，上路下路寫法紅白相同。

　　上面介紹的「吹嗩吶」方法最為簡單實用，尤其紅事禮帖的寫法向來花款多多，令人下筆踟躕，不知所措。比如賀男方父首次主婚是「新翁之喜」，如對方曾作新翁則要改寫「疊翁之喜」。又或者你要賀新郎本人，就要改用「新婚」、「乘龍」、「燕爾」或「好逑」等祝賀語。類似這些用語名目也真太繁縟，而且容易出錯，倒不如執簡馭繁，下筆時就不用大費周章了。

所「賀」非人

書信或禮帖上常會用上「賀詞」，常見常用的有「彌月之喜」（賀滿月）、「新婚之喜」（賀結婚）、「新張之喜」（賀開業）。使用賀詞要注意相關的對象，否則指向錯誤，所「賀」非人，就會鬧出笑話。

賀詞「彌月之喜」就常所「賀」非人。好友陳匯智請你出席兒子滿月派對，你在賀禮禮帖或信函上寫「謹具菲儀奉賀陳匯智先生彌月之喜」就非常惹笑。因為剛滿月的不是陳匯智而是他的兒子，應該把句子修訂為「謹具菲儀奉賀陳匯智先生令郎彌月之喜」，才合道理。又如好友陳匯智請你出席他新店開張的酒會，你在賀禮禮帖或信函上寫「謹具菲儀奉賀陳匯智先生新張之喜」就是誤把陳匯智當成了店鋪，應該把句子修訂為「謹具菲儀奉賀陳匯智先生寶號新張之喜」，才符合事實。

由於搞錯對象而「所賀非人」的問題，在賀婚或賀壽時尤其常見。按中國傳統而言，子女結婚而父母在堂，主婚人都會由父母擔任，因此邀請親友出席婚禮婚宴，名義上發帖人應是主婚人（即新郎新娘的父母）而並非新人。至於老人家做大壽，傳統上則會由子孫主理其事，以表示老人家子孫孝義。所以賀婚或賀壽的對象究竟是誰，就一定要

搞清楚。比如説陳匯智請你出席兒子的婚宴，你在禮帖上寫「奉賀陳匯智先生新婚之喜」就是搞不清究竟誰是新郎，應該把句子修訂為「奉賀陳匯智先生令郎新婚之喜」才正確。又或者直接寫「奉賀陳匯智先生新翁之喜」（曾作新翁者改作「疊翁」），如此才算「賀」得準確。同樣道理，陳匯智請你出席女兒的婚宴，你在禮帖上應寫「奉賀陳匯智先生泰山之喜」或「奉賀陳匯智先生令嬡于歸之喜」，對象和賀詞的關係才得以理順。若陳匯智請你出席父親的壽宴，禮帖上就要寫「奉賀陳匯智先生令尊南山之喜」，「令尊」二字不能不寫。

「喬遷啟事」的若干啟示

　　近來出現頗多「喬遷啟事」，這類啟事大多聲明店鋪搬遷日期，並交代店鋪的新地址，目的是要通知顧客，希望顧客能繼續光顧，所以啟事一般都會用上「恭候新知舊雨，光臨指導」等套語。

　　我們也許先要了解一下何謂「喬遷」。「喬遷」語本《詩經‧小雅‧伐木》：「出自幽谷，遷于喬木。」本來是指由低處移遷到高處的意思，後人用「喬遷」或「遷喬」祝賀人升遷或搬家。「升遷」的義項到今天已多不用，而「搬家」的義項則已不再單一局限於「家」，有關搬店鋪或搬公司都可以用得上「喬遷」。「喬遷」是帶敬賀色彩的用語，別人向你道賀當然可以用「喬遷」，但在啟事上說自己的公司要搬遷就不應用「喬遷」。時下流行的這類「喬遷啟事」，其實應該是「遷址啟事」或「搬遷啟事」。

　　錯誤地以賀詞或敬詞自道往往由於不了解相關用語的意義或色彩。對別人說「明天請到我的府上」，「府上」一詞就用錯了。別人的作品是「大作」，自己的作品是「拙作」，互調不得。張佳賢、郝心翔導演的《我的寶貝四千金》用敬語「千金」稱自己的女兒，是為了配合劇情而刻意塑造劇中人疼惜寵愛女兒的形象，不涉對錯，若在日常生活中說「她

是我的千金」就肯定有問題。應用文中常見常用的「附上」，
是上行用語，我在給上司的信函中可以説「謹附上有關單
據」。古德明在〈隨函附上〉一文中引葉嘉瑩的信例説明下
行用語應作「附下」，但措辭畢竟生冷，若在信函中要求對
方提交文件：「請附上個人履歷及證書副本」，直接刪去句
中的「上」字，雖不用「附下」，似亦有禮而通順。

應用文錯別字

　　中文教育一定強調寫正字，在日常的書寫活動中要避免寫錯別字。撰寫應用文尤其要重視「正字」，因應用文交代的多是重要信息，在文案上大意寫了錯別字，輕則令讀者費解，重則令讀者誤解，後果可以非常嚴重。

　　《舊唐書》說李林甫親筆手書賀柬祝賀親戚添丁，賀柬上居然寫「聞有弄獐之慶」，真是錯得非常丟臉。賀人家添丁是「弄璋」，「璋」是中國古代用來祭祀的玉器，古時的父母會把璋給男孩把玩或配戴，期望孩子長大後能成為品德高潔的人，有着玉一般的高貴氣質。李林甫筆下誤寫的「獐」卻是原始的鹿科動物，與慶賀別人添丁一點關係都拉不上。雍正年間大臣徐駿居然在奏章上把尊稱封建皇帝的「陛下」誤寫成「狴下」，雍正非常不高興，後來藉題反詩把徐駿處決。近代野史傳聞，說 1930 年馮玉祥的參謀在撰寫行軍指令時誤把會師的地點「沁陽」寫成了「泌陽」，剛巧這兩個地方都在河南，但兩地一南一北相距數百公里，倘傳聞屬實，則參謀筆下雖只一字之差，卻導致會師不成，貽誤軍機。

　　時人「訃聞」亦多誤作「訃文」，幾乎已積重難返。「訃聞」是報告喪事的柬帖，《紅樓夢》第十三回：「擇準停靈

七七四十九日，三日後開喪送訃聞」，「聞」字用得很正確。又或誤把「啟事」寫成「啟示」，是誤把公文文類變成啟導領悟了。「回覆」不知何時變了「回復」，「辦公時間」總易誤作「辦工時間」，「候補名單」亦多誤作「後補名單」，「一別匆匆」變了「一別勿勿」……這些字其實並不深奧，只要下筆時細心一點、態度認真一點，類似的不必要錯誤就可大大減少。

文與白

2004年新版的《政府公文寫作手冊》對「文言」採取肯定的態度，手冊內有這樣的說明：

> 白話公文無須完全摒棄文言用語。文言言簡意賅，酌情採用，能令文章簡潔得體、典雅莊重。如撰寫獎狀、題辭和酬酢書函，或回覆文言來信，都可斟酌情況，採用淺白文言。

這跟各個舊版手冊強調撰寫公文不採用文言的立場完全不同，令人大有「覺今是而昨非」之感。公文撰寫中的文言與白話，不是此消彼長、一有一無的對立關係，而該是互濟互融的合作關係。公文中能有效地調和文白，可以同時得到兩種語體的好處。文言勝在簡潔莊重，白話勝在清楚明白，在文案中只要不刻意賣弄或生硬加插深奧文言，深信淺白文言絕對可以跟白話水乳交融，公文的傳意效果一定能有所提升。

在文案中融入文言並不是說把所有「的」字改成「之」或「這」字改為「此」，而是要在文案中體現文言的優勢，以下姑以「簡潔」為例。

撰寫公文貴乎簡潔，我們是否可以利用文言簡潔的優

勢令文案精簡些？白話的語用習慣傾向「雙音節」，如此積字成詞又聯詞成段，篇幅自然較長。而文言的語用習慣則傾向「單音節」，因此文言行文一般會簡短些。公文或標語作「禁止餵飼野生猴子」，陳雲說可以直接改為「禁餵野猴」，四個字已能表達原意，但卻省去一半的字數。這個改例其實就是把句子中近白話的雙音節詞在可能的情況下改換成近文言的單音節詞，效果確是好得多。「所以請你在指定時間……」一句，若改為「故請於指定時間……」，也很能體現文言雅潔的效果。「非誠勿擾」近文，「沒有誠意者不要打擾」近白。余光中教授曾說寫作要「白以為常，文以應變」，其實公文撰作也要有「文」、「白」兩手預備，該文則文，該白則白。

董橋在〈港督回董建華的信〉中修改了港督覆函的中譯版本，在改本中不單活用了好些單音節詞，還滲入了不少文言筆法。如他以「近文」的「先生既感辭職合時，自當依照尊裁，准予所請」取代原譯本「近白」的「你認為現在已是退出行政局的時候，我尊重你的判斷，只好接受你的請辭」，近文言的寫法並不見得特別深奧難明，反覺明快順達。

官腔

　　常有市民説官方的公文「官腔」太重，意思是公文中多以冠冕堂皇、模棱兩可的話應付市民。

　　官腔的內容可以很複雜，要避免文案帶官腔，幾乎是要把整個政府公文撰作的傳統徹底革易，問題才有可能徹底解決，但若退而求其次，先爭取在日常生活中淡化一下文案中的官腔，也不是完全沒法子的。要淡化行文中的官腔，最起碼要做到以下兩項：其一是避免使用具下行或質疑意味的副詞，其二是要避免不必要的名詞化。

　　文案中亂用副詞最容易露出官腔馬腳。副詞中的語氣副詞如：難道、反正、果然、居然、竟然、究竟，使用時要加倍小心，這些副詞容易令句子帶挑戰或質疑意味，受文者看了一定不舒服。其他如：也許、大約、大概，也使人感到發信人顧左右而言他、模棱兩可、推諉搪塞，也要注意。時間副詞「才」尤其要小心，公文、告示中常會用到「才+可」的句式：「才」字之前是條件或前提，「才+可」後面往往交代權利。法律説明文件上寫「年滿 18 歲才可投票」，「才」字雖然有點官架子卻切合文案需要，但店鋪張貼告示説「消費滿 500 元才可刷卡」就是不必要的官腔，應酌改為「消費滿 500 元歡迎刷卡」。

為了令公文文本更權威和更正式，撰文者常有意或無意地大量使用名詞化結構，這些權威或正式的感覺多少與「官腔」有關，不可不慎。若能避免使用名詞化結構，公文不單會更直接和更易於理解，官腔也會相對地大大淡化。「政府已進行妥善的廢物管理」，句子中的「管理」本來是動詞，卻在「進行」之後硬生生變成了名詞化結構，讀起來很有「官爺」的味道，若酌改為「政府已妥善地管理廢物」，不單精簡，而且平易。又如「政府有絕對酌情權為電訊規管框架引入改變」，讀起來也是官威虎虎的，又「引入」又「改變」，架子十足，其實這句話宜作「政府有絕對酌情權改變電訊規管框架」，動詞名詞不必扭曲，各安其位，讀來又自然又妥貼。國父名句「革命尚未成功，同志仍須努力」，真是寫得平白如話，不沾一點「官腔」，作者倘換了是今天的「大手筆」，恐怕是要寫成「革命尚未取得成功，同志仍須付出努力」，「取得」、「付出」掉臂而行，官腔打得十足十，卻不一定動聽。

下篇：應用文文化掌故趣談

中國的開信刀

中國的書信文化源遠流長，打從紙本書信流行後，開信就需要有開信的工具。私人信件一般數量不多，撕開信封就是了。但機構公函來往卻十分頻繁，而且公函事關機密者不少，一般都封口嚴密，負責的書吏要一一拆看歸檔，也是異常繁重的工作，用小刀開信，就較為便捷。

開信刀可以說是書吏的好助手。《事物原會》引《資暇錄》的記載，談到的「拆封刀子」就是開信刀，互參《唐語林》的記載，中國的開信刀原來與鼎鼎大名的汾陽王郭子儀有微妙關係，十分有趣，《唐語林》說：

> 郭汾陽雖度量廓落，然而有陶侃之僻，動無廢物，每收書皮之右勢下者，以為逐日須，至文帖餘悉卷貯，每至歲終則散與主守吏，俾作一年之簿，所勢處多不端直，文帖且又繁積，吏不暇剪正，隨斜曲聯糊。一日所用勢刀忽折，不餘寸許，吏乃銛以應召（「召」字各本均作「急」），覺愈於全時，漸出新意，因削木如半鐶勢，加於折刃之上，使繞露鋒，檻其書而勢之。汾陽嘉其用心，曰：真郭子儀部吏也。

當時汾陽王部下的書吏都是用現成的小刀來開信的，有一

次小刀意外折斷，只剩下短短的一小截。汾陽王向來惜物，要書吏裁下往來書信的信封黏拼成較大的紙張，書吏與汾陽王一樣惜物，見小刀雖然折斷，但短鋒還可用，於是把折鋒稍稍磨利再用，卻覺得開信時短鋒比小刀更為便捷，後來更在這短鋒上加木柄把手，書吏一時稱便。汾陽王知道此事，嘉許該名書吏，說：「真郭子儀部吏也。」

當然，汾陽王嘉許書吏完全是出於對書吏「惜物」的欣賞，而並非嘉許書吏設計了新式而專門的開信刀，但也由於汾陽王「惜物」的作風，上行下效，令其部下也能「物盡其用」，一截折斷了的小刀鋒就這樣給重新賦與作用和價值，今天我們大談環保，談珍惜資源，似乎還得向古人多多學習。

「敬空」「謹空」漫談

　　我們可以在唐代顏真卿的書信看到「敬空」（一次）及「謹空」（四次）等收結用語，由於這收結用語語意模棱，引起好些人的注意。事實上，這用語在宋代已是近乎「不知其所以然」。沈括在《夢溪補筆談》中認為「敬空」就是「批反」的意思：

> 　　前世風俗，卑者致書於所尊，尊者但批紙尾答之，曰「反」，故人謂之「批反」。如官司批狀，詔書批答之類，故紙尾多作「敬空」字，自謂不敢抗敵，但空紙尾以待批反耳。

意思是寫信人自處卑位，請受文者直接在原信上寫上回話，不必為了回信而另寫一封書信。這種「批反」的做法在機構內公函往來常會用得着，上級日理萬機，書面回覆就直接批寫在下屬交來的公文上，再連批答原信發回，省事之餘，又可避免因過錄原信文句而大意出錯。但由於「批反」總不免要塗畫原信，因此基於禮貌原則，上行公文一定不能「批反」。「批反」也可用於回覆家書，看《陳垣全集》第廿三冊「書信」卷，上世紀三十年代陳垣給兒子的家書總是就兒子的來信而作「批反」的。《陳垣全集》的編校者把這

些「批反」家書當作是「批復」，其實是不對的。「批復」應作「批覆」，是批示答覆的意思，作為公文文體名稱的話，「批覆」是指用於答覆下級機關請示事項的公文，與「批紙尾答之」的「批反」是兩回事。

　　同是宋代人，黃庭堅在《山谷別集》卷七卻認為「唐人書末言謹空，蓋空首也」。他認為「謹空」的「空」是「空首」的意思。「空首」是古代行禮的一種形式，為「九拜」之一。《周禮》：「辨九拜，一曰稽首，二曰頓首，三曰空首。」鄭玄註云：「空首，拜頭至手，所謂拜手也。」那麼「謹空」就是向人敬禮致意的客套用語，卻與沈括所說的「批反」無關。

　　到了清代，梁章鉅在《浪迹續談》引紀曉嵐的話為「謹空」另標新義：

　　　　余聞之紀文達師曰：「札尾作『謹空』二字者，以所餘之紙為率，餘紙多者必作『謹空』字，或作『慶餘』二字，所以防他人之攙入他語耳。」

那是說，「謹空」、「慶餘」等用語是為了要防止他人在信末添加內容的標示語，其作用近於「This Space Intentionally Left Blank」的作用，在中文信函上使用的話，都多中譯作「以下空白」，作用是為公文信函的內容畫下明確的終點線，不容許別人在空白處添加內容。

　　更有人認為，「敬空」和「謹空」是兩回事：「敬空」是沈括說的「批反」，「謹空」是紀曉嵐說的「以下空白」。但周

廣業在《經史避名彙考》卷十九卻説：

> 《法帖》蔡君謨、司馬君實、王澤民諸公書牘後曰
> 「謹空」，皆避「敬」字也。

如此看來，宋人用「謹」而不用「敬」，只是為了避太祖趙匡
胤祖父「趙敬」的名諱，「敬空」和「謹空」其實應該是同一
個意思。宋代司馬光的《書儀》談到不少書記公文的措辭和
格式，在書中確只找到「謹空」的文案例子，沒有「敬空」。

由「侄仔」到「傻仔」

　　學習撰寫傳統書信最令人頭痛的是「家屬稱謂」，中國人的「家屬稱謂」不是uncle、aunt可簡單交代過去的，家族宗枝繁茂的話，單是下筆寫個上款就已經要大費周章；即使家族人丁不多，關係不太複雜，但也會遇上令人頭痛的事。比如說，要寫信給兄弟的子女，又或者要寫信給伯父叔父，信的上款或下款都一定要提及稱謂，試想想：「兄弟的子女」該是「侄」還是「姪」？

　　時下很多人都以為「兄弟的兒子」是「侄」、「兄弟的女兒」是「姪」。這個誤解可能是受了「他」、「她」的啟發而作推想，男性部首用「亻」，女性部首用「女」，因此不單有「侄」「姪」之分，更有「你」「妳」之別。

　　主觀想法跟事實可以相距很遠。按傳統稱謂標準，「兄弟的兒子」是「從子」，楊伯峻說：「從子，兄弟之子也。亦謂之猶子。」而「兄弟的女兒」才稱為「姪」，後來「姪」取代了「從子」，口頭上或書面上兄弟的子女都可以稱為「姪」，卻不知從何時開始有人要強分男女，在「姪」之外又弄出一個「侄」來，甚至大行其道，大有取代「姪」的趨勢。其實「姪兒/姪子」、「姪女」也可以清楚說明性別，像「甥」和「甥女」，也不必把「甥」字改為「牲」字。查《正字通》「侄」字

條下云：「音質，堅也，又癡也，侄仡不前也。俗誤以侄為姪字。」《康熙字典》也有類近的説法，可知「侄」字本與家屬稱謂無關，卻有「癡」這個義項，廣東口語説「侄仔」，似乎是意外地又逗趣地帶了些「傻仔」的氣息。

「姪」字在內地給當成是異體淘汰字處理，而「侄」反而是選用字，説文字約定俗成，也得接受。在香港則「姪」、「侄」並存，在兩可的情況下，我會堅持用「姪」——不管對方是男還是女。

封泥

　　大約自唐代開始已有信封，樣式與今天的信封差不多。古時的信卻是將內容寫在一片木板上的，為了保密不讓人隨便就看到信的內容，古人會在有字的木板上蓋上另一片用作遮蓋的木板，並用繩索捆綁固定，再在接口處加上蓋有公章或私章的封泥，工序是十分繁複的。

　　封泥又稱泥封，出土實物差不多在清代道光二十二年才在四川給發現。收藏家、文字學家、書法家和篆刻家都十分重視。封泥本來是捆在捆好的信（木板）接口處糊上的一枚泥團，泥團上會鈐蓋上璽印以防作偽，烤乾這枚蓋上印文而又半濕的泥團，信才叫封好。收信人會檢視乾封泥是否完好、封泥上的印鑑又是否正確。

　　封泥這名字叫人感到陌生，但其實跟大家熟悉的「火漆」或「封蠟」差不多。火漆據說是由法國人魯索在 1626 年左右發明的。他把不同比率的焦油、辰砂和一種印度的天然漆混合加熱合成，製出呈紅色或棕紅色的「火漆」。用印章或圖案模子鈐印在尚未凝固的火漆上，冷卻後的火漆就會留下清晰的字畫或圖案。封蠟則早見於中世紀，當時的封蠟多由蜂蠟、松脂和硃砂合成。

　　無論是火漆、封蠟或封泥，作用都是為信函文件「加

密」，保護信息使不致外洩。但封泥在中國還多出一種藝術作用：我國的篆刻家別出心裁，在圖章設計上巧妙地借用並融入封泥上的字體和字畫邊欄的佈局，成功營造出一種蒼茫高古、斷瓦殘垣的特殊金石意趣，為篆刻藝術別闢蹊徑。吳昌碩、鄧散木都是以封泥入印的高手。

鄧散木封泥入印

八行

唐朝詩人孟浩然〈登萬歲樓〉七律云:「萬歲樓頭望故鄉,獨令鄉思更茫茫。天寒雁度堪垂淚,月落猿啼欲斷腸。曲引古堤臨凍浦,斜分遠岸近枯楊。今朝偶見同袍友,卻喜家書寄八行。」詩裏頭有幾個破音字要注意,第二句的「令」字要唸平聲ning⁴,讀如「零」;「思」字要唸去聲si³,讀如「嗜」。搞錯「令」、「思」二字的聲調,詩句就會不合格律。更何況漢字異音的話則多異義,「思」字唸平聲si¹(讀如「詩」)的話,是動詞,如果是帶名詞性如「巧思」、「鄉思」,就要讀去聲。

王維詩的末句最末一字是「行」,這個字也是破音字,有不同讀音,單說常讀的音就有hong⁴(銀行、行業)、hong²(米行、南北行)、hang⁶(品行、操行)、hang⁴(行動、行為),一不小心,就會唸錯。〈登萬歲樓〉全詩押「陽」韻,作為韻腳的「行」字要唸hong⁴,讀如「杭」。

「八行」又是甚麼意思呢?原來八行就是書信的代稱,「寄八行」就是「寄書信」之意。漢代馬融〈與竇伯向書〉云:「書雖兩紙,紙八行,行七字,七八五十六字,百一十二言耳。」原來古人的信箋多作八行,所以後人就以八行代稱書信或書信的內容。

翻查一下工具書，我們又可以發現「八行書」的詞條，原來「八行書」又可以專指「社交場合中較正式或有關人情薦介時所寫的書信」，大概指應徵或求職時所附的推薦信，我在 1937 年南京的《青年月刊》(4 卷 2 期) 上找到一張由「楊邨」繪畫的補白插圖，當中就提到「文憑，八行書，美人的嘴：都是求事的工具」。

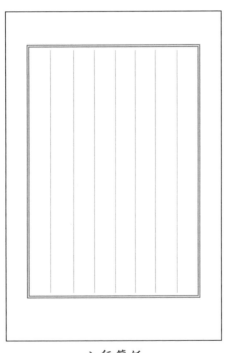

八行箋紙

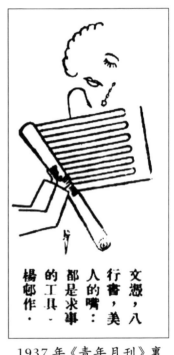

1937 年《青年月刊》裏
楊邨之插圖

信不「反故」

　　節約用紙符合環保原則，但書信的撰寫潛規則是單面書寫。

　　其實中國自有紙張出現以來，在民間紙張從來都不容易得到。古人一樣強調節約用紙。比如葛洪在《抱朴子》中就説過：「常乏紙，每所寫，反覆有字」，「反覆有字」就是説寫字時作雙面書寫、一張紙的兩面都用上的意思。參看李以超〈晉代反故現象小識〉，可以知道中國古時有個專門用語叫作「反故」，意思是在已寫過字的舊（故）紙的另一面寫字，物盡其用。「反故」當然也可以理解為在一張空白的紙上作雙面書寫。我們在晉代的樓蘭殘紙中可以看到非常多「反故」書信，在敦煌出土的北朝寫經或唐代寫經，亦多書寫在舊文書舊籍冊的反面，雖非書信，也是「反故」一例。

　　那麼，寫信而不「反故」的潛規則又在何時開始凝定的呢？李以超認為「東晉世家大族的風氣中，書信不僅是傳遞信息的工具，更是書法較能的展示載體，以反面書寫回信，看成是一種書法沒有得到賞識的憾事」，這説法也頗有道理。孫過庭《書譜》講過一則故事：「謝安素善尺牘，而輕子敬之書。子敬嘗作佳書與之，謂必存錄，安輒題後答之。甚以為恨。」那是説謝安自視甚高，在王獻之的來信背

面直接寫回信。從王獻之「甚以為恨」的反應看來，謝安的做法大概是不太禮貌的。

　　寫信不寫兩面，也可能與避免兩面字跡互相影響有關。兩面都寫字，字畫隱約重疊，望之不甚清晰，妨礙讀信。上面談到葛洪說「……每所寫，反覆有字」，後面還有一句是「人鮮能讀也」，這會不會是由於兩面字畫隱約重疊而造成的呢？值得深思。

魚雁

「書信」的別稱非常多，較文雅又別具詩意的有「魚雁」，「魚雁不絕」就是書信往來頻繁的意思，「魚雁沉沉」或「魚沉雁杳」是指音訊斷絕。

把書信稱為魚或雁，是於古有據的。古時的人喜歡把書信結成鯉魚的形狀，又或者把書信夾放在鯉魚形狀的木板或木筒中，所以鯉魚就往往借指書信。聞一多說「雙鯉魚，藏書之函也」，就是指魚形的信筒。漢樂府〈飲馬長城窟行〉說「客從遠方來，遺我雙鯉魚。呼兒烹鯉魚，中有尺素書」，這是指開啟夾在鯉魚形木板中的書信。又由於雁是候鳥，往返有期而不失信，古人就順理成章把雁聯想成「傳書」的使者。《漢書‧李廣蘇建傳》云：「匈奴詭言武死。後漢使復至匈奴，常惠請其守者與俱，得夜見漢使。具自陳道。教使者謂單于，言天子射上林中，得雁，足有係帛書，言武等在某澤中。」蘇武被困匈奴多年，單于對漢使假稱蘇武已死。漢使探知實情後，也假稱漢朝天子在上林苑狩獵時射得大雁，雁足繫有蘇武所寫書信，信上明言蘇武尚在人間。自此鴻雁傳書就成了郵傳書信的典故，沿用至今。

魚游水中，雁飛天上，說魚書雁札，竟不經意地包含

了「海郵」與「空郵」的時代意義。古人想像力豐富，由魚雁聯想到書信，為書信郵傳鍍上了一層浪漫的色彩。1958年中國人民郵政發行面值4分和面值8分的郵票，設計意念正是以大雁作為郵政的象徵。

詩束

新文學大旗手之一的陳獨秀，曾有一詩寫給歐陽竟無，詩云：「貫休入蜀唯瓶缽，臥病山中生事微。歲暮家家足豚鴨，老饞獨羨武榮碑。」這首詩就是〈致歐陽竟無詩束〉。「詩束」就是以「詩」代「束」，即用詩的格律韻調和筆法寫信，成品能兼書信之實用與詩歌之優美，這是文人雅士的絕活。

唐代詩人白居易寫過一首〈問劉十九〉的五絕，詩云：「綠蟻新醅酒，紅泥小火爐。晚來天欲雪，能飲一杯無？」這是邀請好友喝酒的詩，說這二十字兼有應用文邀請信的作用，也是事實。民國詩僧蘇曼殊的〈束法忍〉也是一通邀約好友喝酒談天的優美「詩束」：「來醉金莖露，胭脂畫牡丹。落花深一尺，不用帶蒲團。」詩人詩筆清絕，下筆寫信一字一句都是詩，收到這樣的「詩束」，感覺當然是很不一樣的了。

詩歌表達傾向間接傾向模糊，應用文表達卻要求直接要求清楚，以詩代束其實會漏掉很多重要信息。比如說蘇曼殊約好友法忍前來喝酒、賞畫，聚會的目的是交代了，詩人還細意交帶法忍不用帶同蒲團前來赴約，原因是這裏落花已有尺許之深，大家可以坐在落花之上。詩束的意境

真的優美，但聚會的地點、時間呢？詩柬中就沒有交代，一旦交代了，又似乎失卻了「詩」的趣味。民國碩士詩人馬小進代兒子寫過一通詩柬，內容提及約會的時間和活動，寫得甚饒童趣：「忽接超倫一統書，時為九點十分餘。明天下午來玩耍，你扮猴兒我扮豬。」

書信內容一旦涉及時間和地點就需要說明，詩歌的本質卻以暗示或呈現為主，要真正寫好一通抒情與說明兼備的詩柬，談何容易。

民國詩僧蘇曼殊

續命詞柬

　　既然古人有以「詩」代「柬」的傳統，那麼有沒有以「詞」代「柬」的呢？

　　傳統古典詩是「齊言體」，每句的字數有嚴格規定，以「詩」代「柬」，較難表達複雜的信息。「詞」的篇幅按其體式不同，有長有短，而同一首詞的句子也是長短不一，以「詞」代「柬」的話，寫起來會方便些。話雖如此，詞和詩一樣，都受聲調和韻腳的限制，因此下字措辭會處處受限制，功力不足者一定無法下筆，縱然勉強堆砌成篇，也都只會是浮詞滿紙、詞不達意。

　　康熙十五年大雪之夜，北京千佛寺中，顧貞觀夜不成寐，以詞代柬，寫了兩首〈金縷曲〉給流放到寧古塔的摯友吳漢槎。這封「詞柬」還感動了清代大詞人納蘭性德，納蘭託請其父大學士明珠居中處理放歸事宜，吳漢槎才不至客死於苦寒之地。顧貞觀的「續命詞柬」是這樣的：

　　　季子平安否？便歸來，平生萬事，那堪回首。行路悠悠誰慰藉，母老家貧子幼。記不起、從前杯酒。魑魅搏人應見慣，總輸他、覆雨翻雲手。冰與雪，周旋久。淚痕莫滴牛衣透，數天涯、依然骨肉，幾家能

夠？比似紅顏多命薄，更不如今還有。只絕塞、苦寒難受，廿載包胥承一諾，盼烏頭、馬角終相救。置此札，兄懷袖。

我亦飄零久。十年來，深恩負盡，死生師友。宿昔齊名非忝竊，只看杜陵窮瘦，曾不減、夜郎僝僽。薄命長辭知己別，問人生、到此淒涼否？千萬恨，為兄剖。兄生辛未吾丁丑，共些時，冰霜催折。早衰蒲柳。詞賦從今須少作，留取心魂相守。但願得、河清人壽。歸日急繙行戍稿，把空名、料理傳身後。言不盡，觀頓首。

這「詞束」主體部分是表達對好友的深切思念，也同時表達了顧貞觀為好友出力營救贖歸的決心。陳廷焯《白雨齋詞話》說這詞束「只如家常說話，而痛快淋漓，宛轉反覆，兩人心跡，一一如見」，確是的評。看詞的開首是「季子平安否」，交代了傳統書信中的問候語和思慕語，末處「言不盡，觀頓首」是巧妙地鑲嵌上傳統書信的收結語和具名語，真可說是匠心獨運，妙合天然。

弘一法師與書信

　　夏丏尊在《晚晴山房書簡》(第一輯)的序文中說:「(弘一)師為一代僧寶,梵行卓絕,以身體道,不為戲論。書簡即其生活之實錄。舉凡師之風格及待人接物之狀況,可於此彷彿得之。故有見必錄,雖事涉瑣屑者,亦不忍割愛焉。」我向來愛讀前人信札,弘一法師為近代高僧,其書札尤堪細讀,夏丏尊編《晚晴山房書簡》只編出第一輯,續編似乎沒有編成。目下在坊間流通的有林子青編的《弘一法師書信》,收錄弘一書信七百多封。聽說弘一法師寫信很有「個人風格」。法師寫信,是先寫好信封,再寫信函,寫好封好,再處理另一封。這「程序」跟我們日常寫信的「程序」很不同,我們一般照例是先寫信函再寫信封的。

　　法師傍晚後例不讀信,有人問倘信中交代的是急事,豈不是耽誤了嗎?法師卻認為即使來信交代的是急事,但午後傍晚也不可能趕及處理,總得等到翌日,但讀了書信心中總不免焦急忐忑,影響晚上作息,因此倒不如早上才讀信。法師在一九二六年四月初七日給蔡丏因的信中談到閉關時苦於有人來訪而造成打擾的問題:「……尊處如有人欲來杭訪問者,乞為婉辭致意。若有要事,可以通信,與面談無以異也。」其實通信和面談還是不盡相同的:友好親

自來到，不能説先睡一覺明天再談，倘若只是通信，私人時間就容易處理得多了。

在交通、通訊不大方便的年代，法師入夜不讀信的做法是很理智也很切合實際的。可是千禧年代的今天交通方便了不少，信息收發效率也奇高，來信倘交代有急事要處理，時間多晚都可以安排跟進，都市人所謂「沒有下班時間」，手頭的工作總是沒完沒了，大概與這方面的「進步」有關。

弘一法師像

《晚晴山房書簡》書影
（書影由楊玉峰教授提供，謹此鳴謝。）

雞毛信

　　改編自同名小說的中國電影《雞毛信》攝製於 1954 年，故事講年紀輕輕的龍門村兒童團團長海娃，冒險為抗日部隊八路軍傳送一封寫有重要軍情的「雞毛信」。這部電影多次獲獎，蔡元元飾海娃頭腦機靈手腳利索，觀眾印象都非常深刻。

　　電影中寫有重要軍情的「雞毛信」尤其經典，很多人會感到奇怪，為何會在書信上黏上雞毛的呢？有人以為是抗日時期特有的書信形式，其實不然，類似這種形式的書信古已有之，並非抗日期間的「時代產物」。

　　古時有所謂「羽書」或「羽檄」，是一種插有雀鳥羽毛的軍事文書。文書上插上羽毛是暗示緊急之意，行軍貴乎神速，羽書就是要送信人知道這封書信是重要的，用現代的概念來說，是特急郵件或特快郵件的意思。當然，古人的羽書是否曾用上雞毛就不得而知，但電影《雞毛信》中強調在軍事密函上插雞毛，也許是配合鄉村山區的狗吠深巷雞鳴樹巔的背景，但用意畢竟清楚，表達的都是緊急的意思。杜甫〈贈李八秘書別三十韻〉云：「戰連唇齒國，軍急羽毛書。」詩人在「羽毛書」上冠以一個「急」字，「急」字上又冠上一個「軍」字，又傳神又達意。

羽毛讓人聯想到「飛」，又聯想到「輕」或「快」，在文書上加上羽毛，「催快」的意思就十分具體。從前聽過有人說如果沒有羽毛，可以燒焦信封的一角以表示「十萬火急」的意思，也不知有沒有根據，但燒焦信封的一角卻原來是報喪的「焦頭信」的特有形式。也許報喪多少帶有急傳快遞的附加默契，因此焦頭信也有「催快」的暗示。報喪若報得慢條斯理，的確是於理不合的。

弄璋與弄瓦

《幼學瓊林》說「生男曰弄璋，生女曰弄瓦」，這都是常識。

「弄璋」語本《詩經‧小雅‧斯干》：「乃生男子，載寢之床。載衣之裳，載弄之璋。」玉代表了高尚的德性，給孩子弄璋折射出家人對孩子殷切的期望。

卻有朋友說千禧年代撰寫禮封或賀儀卡時不敢再以「弄瓦」賀人生女，原因是「弄瓦」一詞滿有重男輕女之意，現在是講求男女平權的年代，怎可以男弄美玉而女弄敗瓦呢？我猜測友人是把「弄瓦」的「瓦」字理解為一般的陶磚瓦片，因此覺得璋、瓦貴賤太懸殊，遂認為古人也未免太過輕視女性了。

弄瓦的「瓦」其實並非指蓋屋頂的瓦片，而是指古時紡織用的陶製紗錠紡磚。在強調女子工織的年代，拿這種陶製紡織工具給小女孩玩，是祝願小女孩將來能勝任女紅，能具備優秀的織繡手藝；事實上一點歧視或偏心的意思都沒有。

「弄瓦」語本《詩經‧小雅‧斯干》：「乃生女子，載寢之地，載衣之裼，載弄之瓦。」追溯起來，「弄瓦」一詞實在滿有文化意韻，非常古雅。我得坦白承認，中國古代確有

重男輕女的風氣，但若以「弄瓦」一詞作為論據，則一定不能成立。

　　附帶一提，如賀人生雙胞胎的話，則賀男雙胞是「雙璋之喜」，賀女雙胞是「雙珠之喜」，如果是男女雙胞則是「育麟育珠之喜」。「珠」字容易讓人聯想到「掌上明珠」，很有呵護疼愛嬌貴的意思，古時子或女都可以稱作「掌珠」，後來「掌珠」偏義指愛女。今天若把人家的兒子也稱為「掌珠」，恐怕對方會以為你嘲笑兒子娘娘腔。

湯餅與晬盤

送禮賀小孩子滿月，禮封或賀儀卡上可以寫「彌月之喜」，「彌月」就是滿月之意，明白而達意。如果寫上「湯餅之敬」，其實也是賀小孩子彌月的意思，但因「湯餅」一詞詞義不明，一般人都「敬而遠之」，越來越少人使用。

有人以為「湯餅」的「餅」可能是蛋糕餅食之類的東西，其實「湯餅」就是「湯麵」，與方圓餅餌無關。古時習俗，小孩子生下三天之後，家長就會請客人出席吃湯麵的宴會，這種宴會稱為「湯餅會」。湯麵麵條長長的，有「長久」的好意頭，賀孩子新生吃湯麵正是取其「長壽」之意。我們今天吃壽酒，總有一道乾燒伊麵，稱為長壽麵，也是取其好意頭。湯餅會本來是孩子初生三天後的宴會，後來又演變成滿月的宴會，《初刻拍案驚奇》卷二十云：「轉眼間，又是滿月，少不得做湯餅會。」可見湯餅會是可以跟慶祝彌月拉上關係的。

古人視生兒育女為人生頭等大事，孩子生下來要搞的宴會也真多花樣。上文已談過三天後或滿月時所辦的湯餅會，其實當孩子出生滿一百天，又有所謂「百晬」（「晬」音「最」，zeoi^3）的聚會。家長會在「百晬」聚會上設一個「晬盤」，上面放些紙、筆、針、線、書等物，並任由小孩子自

由取玩，目的是想藉此了解小孩子的喜好和向性，這儀式稱為「試周」或「抓周」。「抓周」雖事涉無稽，但過程一定很熱鬧，聚會的氣氛應該很不錯。《紅樓夢》第二回說賈寶玉在「抓周」時甚麼都不取，卻抓取了脂粉和釵環，書上說賈政（寶玉之父）為此大怒，認為寶玉長大必為酒色之徒，小說部分反映現實，古人大概都頗為重視這個儀式。

2015 年香港知名女藝人梁詠琪為女兒在中環四季酒店擺設的「百日宴」，其實就是上文談到的「百晬」。梁詠琪為女兒慶祝「百晬」，報道說有二百多位友好到賀，場面很熱鬧。試想一想，出席「百晬」的親朋總會送些賀禮以表心意或祝福，那麼禮封或賀儀卡上該寫甚麼呢？重複使用「彌月」或「湯餅」等字眼是不對的，應該寫「晬敬」或「晬盤之敬」，才符合慶賀「百晬」的事實。

「書」「信」有分別

我們查一查工具書，「書信」的定義一般指人們以書寫於紙張（或其他的文字記錄體）的文字、圖像為內容的一種交流形式。「書」、「信」二字似乎是複疊同義用詞，指的都是同一回事。

周作人對「書」和「信」卻有另一番見解，他認為書和信在性質上是有分別的。前人編文集，「書」是文集中的一個單元，身分和地位都很「正統」。那麼「信」呢？桂未谷的〈《顏氏家藏尺牘》跋〉云：「古人尺牘不入本集，李漢編昌黎集，劉禹錫編河東集，俱無之。」證諸多種古文獻，確是事實。可見古人編文集，是把「信」擯於集外的。蒐集尺牘（信）而在集外單行成書，又或者在文集中編入尺牘都是後來的事，古人並不如此。

周作人説「書」是一種古已有之的文體，書是古文的一種，可以表達大道理，本質上其實就是一篇完整的文章，而且有發表、公開的預設。〈報任安書〉、〈答蘇武書〉大概符合「書」的標準。「信」則指「尺牘」，原指不會發表或公開的信函，像周作人説「或通情愫，或敍事實，而片言隻語中反有足以窺見性情之處」，才是「信」的本色。洪錫豫〈《小倉山房尺牘》序〉轉引袁枚的話：「尺牘者，古文之吐餘，

今之人或以尺牘為古文，誤也⋯⋯若尺牘，則信手任心，
謔浪笑傲，無所不可」，「信」（尺牘）似乎沒有「書」那麼沉
重，〈奉橘帖〉、〈喪亂帖〉應屬「信」類。「書」近似公開演
說，「信」則近乎閒話家常。

只是要絕對客觀、清楚地區分「書」和「信」有時總不免
會遇上灰色個案，如朱光潛的名作《給青年的十二封信》，
是作者旅歐期間寫給祖國青年的十二封公開信，內容多談
及讀書、修身、寫作、愛戀、哲理等問題。據此書的內容
以至寫作動機而言，則該是「給青年的十二封書」才對。類
似的灰色個案似乎不少，要分也不容易分得清，看來今天
我們把「書」、「信」連稱倒也符合「時代的需要」，含糊亦有
含糊的好處。

---

* 本文提及的〈報任安書〉、〈答蘇武書〉、〈奉橘帖〉、〈喪亂帖〉，均見
本書附錄。

青鳥、信鴿、郵差

　　安徽工業大學工商學院在 2014 年籌辦了一項名為「青鳥傳書」的校內義工活動，活動是由志願者利用一切線索，盡量把積存在校內收發室的「問題信件」送到收件人手中。

　　把這些投寄信息不完整的問題信件準確地送到收信人手中，很有意義，而該計畫取名「青鳥傳書」，也很有意思。據《山海經》記載，西王母座前有三隻鳥：「一名曰大鵹，一名曰少鵹，一名曰青鳥。」這三隻據說就是「為西王母取食」的神鳥，牠們是西王母的隨從或使者，除了為西王母「取食」之外，還為西王母傳遞信息。

　　在上古神話中為人們傳遞書信的是「青鳥」，在現實生活中為我們的古人傳遞書信的是信鴿，與傳說中的青鳥都算是「空郵快遞員」。《開元天寶遺事》有張九齡養鴿寄書的記載，唐人多稱傳信鴿為「飛奴」。明代的《增修埤雅廣要》說走遠航船的多養鴿，因為「舶沒雖數千里亦能歸其家」。智能電話常用的即時通訊軟件「WhatsApp」有人意譯為「乜訊」，個人則慣稱「何事匣」，以「何事」意譯自「What」、以「匣」音譯自「App」。近讀莫雲漢教授詩：「近日學傳和事鴿，但書情話不低頭。」中譯「和事鴿」同樣令人生起「飛鴿傳書」的古雅聯想，倒也有趣。

擔當郵遞工作在今天大家都知道是「郵差」，那古時呢？古時對持有信物的外交使臣、遞送函件的人或代傳口頭消息的人，都稱為「信」，意思跟我們今天講的「郵差」相同。是以讀古書時不要看見「信」字就以為一定指「信件」，應要看通上文下理才好下判斷。例如杜甫〈寄彭州高三十五使君適虢州岑二十七長史參三十韻〉云：「詩好幾時見，書成無信將。」詩句中的「信」指的就是送信人，而並非指信件。為甚麼「信」可以作為送信人的稱呼呢？我們看看這個「信」字，是由「人」和「言」組成的，是「六書」中的會意字，人講話（言）就是強調言而有信。為人帶函件必須忠誠守諾，所以古時把遞送函件的人稱為「信」，是非常貼切的。

考驗默契

　　撰作書信總要求交代明白，但凡事都有例外，特別是私人往來信件，由於雙方都熟稔，感情深厚，下筆就往往心照不宣，即使行文交代間接不清，信息一樣可以準確傳遞，這正好關乎雙方的默契。

　　清代梁紹壬《兩般秋雨盦隨筆》中一則掌故，正好談到一封考驗默契的書信：「有妓致書於所歡，開緘無一字。先畫一圈，次畫一套圈，次連畫數圈，次又畫一圈，次畫兩圈，次畫一圓圈，次畫半圈，末畫無數小圈。有好事者題一詞於其上。」這封「圈兒信」只有一些簡單的圈兒，梁紹壬說「開緘無一字」確是事實。後人好事，無中生有，把這些圈圈「翻譯」成：

> 相思欲寄從何寄，畫個圈兒替；話在圈兒外，心在圈兒裏。我密密加圈，你須密密知儂意：單圈兒是我，雙圈兒是你；整圈兒是團圓，破圈兒是別離。還有那說不盡的相思，把一路圈兒圈到底。

倒也解得順溜達意，情意綿綿，但到底信的真正意思是甚麼，「旁人」實在是沒法子查證的。收信人倘若與這位「畫圈人」有深厚的默契，也許真的可以明白信中圈點的意思，

但如果默契不足，就容易引起誤會。署名「雲間顛公」所作的《文苑滑稽譚》卷八〈滑稽詞話〉中也引錄過這封圈兒信，但卻説「此非情書，乃記嫖賬也」，「釋文」也是十二句：

> 舊年積欠如薪束，試把圈兒錄。數在圈兒記，情在圈兒屬。我密密加圈，你須密密將圈讀。雙圈兒兩臺，單圈兒一局。破圈兒酒帳，整圈兒住宿。還有那算不盡的零賒，照一路圈兒交到足。

像這樣，圈點符號其實表達甚麼意思都可以，完全由讀者自由詮釋，遊戲味道是很濃厚的，簡單圈點寫得出有趣的掌故，但在現實生活若真的只以簡單圈點寫信，就恐怕不可能有效、準確地傳情達意了。

洪喬之誤

《古學齋文集》卷十談到兩件「可為知者道，難與俗人言」的事：「送人送到岸常事也，乃王子猷舟回雪夜，遂稱千古高標；寄物不寄失正理也，乃殷洪喬書往浮沉，反為一段奇事。」

這兩件所謂「俗人」不能理解而「知者」卻十分欣賞的妙事，都可以在《世說新語》中找到。第一件是說王子猷雪夜訪戴逵，未至而返，人問其故，他瀟灑地說：「吾本乘興而行，興盡而返，何必見戴？」意思是雖乘着興致前往訪友，但中途興致已盡，自然不必一定要見到對方才回家。王子猷的一言一行，盡顯魏晉名士的自適與豪邁，雪夜訪戴成為千古佳話。

第二件妙事卻與送遞書信有關。話說殷洪喬本任長沙太守，後轉遷豫章太守，他離任時不少人順道託他給親友帶書信，竟有一百多封。他也不拒絕，收下了各人託帶的信，走到石頭城時卻把這百多封信全都扔到水中，說：「沉者自沉，浮者自浮，殷洪喬不能作致書郵。」此後「付諸洪喬」或「書誤洪喬」就成了典故，表達「遺失書信」的意思。明代張鳳翼〈懷用晦諸王孫〉有「怪底年來無一字，沉浮多恐付洪喬」之句，用的正是這個典故。

筆者試從「俗人」的角度看這件妙事：殷洪喬負人所託，是沒有信用的表現，各人託帶的信有多少重要的信息與殷切的叮囑，都給一下子投進水中。但後世不單沒有對殷洪喬予以深責，反而把投書石頭城下當作一樁名士美談，津津樂道。卻說 2014 年報載美國道森泉市三十四歲郵差莫爾斯為了提早下班，竟摧毀、隱藏、延遲投遞至少四萬五千多封郵件，事發後被告上法庭，法官判刑半年，而且要作出萬餘美元的賠償。中國的殷洪喬和美國的莫爾斯做的事性質大致相同，但結果卻大不相同。中國人對「名士性格」的欣賞，自有其歷史文化背景與審美思想淵源，不宜一下子就完全否定，但替人謀事則須忠人之事的大原則還是重要的。易地而處，設想你寫在信中的千言萬語給帶信人一下子丟了，無論丟失信件是有意或無心，在無可奈何之餘，你總會嘆句「所託非人」吧。

短信藝術

雨果是法國十九世紀的大文豪，他寫完《悲慘世界》後就把文稿寄給出版商。過了一段時間不見回覆，雨果便寄了一封信給出版商，信上只有「？」，意思是問對方收到了文稿沒有。出版商也有心思，回信上只有「！」，暗示文稿內容令人驚嘆。這兩封由標點符號寫成的信，可算是世上最短的信。

只用一枚標點符號寫信算是「另類」，真的由字詞句組成的著名短信則當數本多重次的「一筆啟上」。日本丸岡城天守閣內有一塊書束碑，碑上刻着德川家康建府功臣本多重次在戰亂中給妻子寫的一封短信：「一筆啟上火の用心お仙泣かすな馬肥やせ」，中譯大意是：「敬上一筆，要小心火燭，別讓小孩阿仙哭泣，要把馬養肥。」或譯作：「寄語一言：小心火燭。阿仙有沒有哭？馬肥了嗎？」原信內容簡明扼要，將士戎馬倥傯間短短一封家書把要緊的事情都交代妥當。征人的心一半在私一半在公：在私，是掛念家人，殷殷叮囑妻子要管好家園，小心生火，不要釀成火燭意外，又叮囑妻子好好照顧孩子，要讓孩子開心成長；在公，是囑咐妻子要好好管養馬匹，因為戰爭需要壯碩的戰馬。本多重次的「一筆啟上」勝在平凡簡約但又不乏細緻深

情，全信用語風格爽快直接，情與事都直出於肺腑，毫不矯飾拖沓，難怪當地人為此豎碑立石，書信的文化價值都深深地鐫刻在石碑之上。

　　為了繼承本多重次的「短信傳統」，丸岡町文化振興事業團在 1993 年開始舉辦名為「一筆啟上賞（獎）」的徵文比賽，參賽作品都是極短的書信，得獎作品更會集結成書；一書在手，讀者可以看到各式按指定對象主題而撰寫的精美短信。試看其中一個得獎作品：「父親，您注意到了嗎？我們兩人的合照，連一張都沒有。」父親也許不善於向子女表達親情，作者在信中對此表達了一點點遺憾，信中的感情真實而具普遍意義，讀者易生共鳴。

丸岡城天守閣內的一塊書柬碑
（圖片來源：PIXTA）

吳越王的「溫馨提示」

中國的文藝審美觀向來重視精簡，談及精短優美的書信，不可能沒有中國的份兒。下面談談一封只有九個字的信。

蘇東坡曾寫過一篇〈表忠觀記〉的文章，文章中盛讚「武肅王」錢鏐的功績。錢鏐是五代時期吳越國的創立人，自少就不好詩文，卻愛習武，最後在吳越打出自己的一片江山。他心愛的一位妃子每年都在寒食節回娘家省親，返夫家的時候大概都趕在春季山花盛開之前。某一年，妃子不知何事耽擱了回程的時間，吳越王但見山花已開，心裏難免掛念愛妃，寫了一封只有九個字的催歸信，卻流傳千古：「陌上花開，可緩緩歸矣。」[註]

這封書信堪稱為抒情書信的精品，王漁洋在《漁洋詩話》對此信評價很高：

> 五代時吳越文物不及南唐西蜀之盛，而武肅王寄妃書云「陌上花開，可緩緩歸矣」，二語艷稱千古。

[註] 也有學者認為這其實該是錢鏐的孫錢俶寫給妃子的信。錢俶就是在西湖邊建雷峰塔的人。

錢鏐下筆不落前人窠臼，即景生情，筆下直書心中所思所念，毫不造作，後人沒有這般性情或深情，是怎樣也寫不出這種書信的。這封催歸信妙在隻字不提具體時間，諸如年月日時一概沒有，卻以大自然陌上開花這幕優美風景為愛妃回家的時間標記，陌上花開固然暗示了季節或時光，見花開而啟程則同時是滿有深情地包含着重會的「承諾」或「默契」，讀起來令人感到無限溫馨。對妃子說：此情此景，該是回家的時候了。「可」字「緩」字一絲「急意」都沒有，「歸」字才是重點——花季來了，風景好，慢慢走慢慢看，稍為耽誤行程不打緊，但記着要開始啟程回家了。也許是妃子捨不得娘家，遲了啟程，吳越王體貼，「緩緩」一語真夠溫柔，絕非一般王命御旨可比。妃子在丈夫深情的叮囑下踏上歸程，陌上花開如錦，處處都是催歸的美麗符號，走在陌上，妃子覺得自己很受丈夫的重視，也很得丈夫的寵愛。

英文有 friendly reminder 一語，現時內地和香港的公文也跟風，凡事都作「溫馨提示」，還好像有反過來硬譯為 warm reminder 的語例，堪發一笑。其實friendly reminder在英語世界本來是討債信函中常用的「棉裏針」，向愛人催歸的話，friendly未必奏效，歷史事實證明，「溫馨」較好。

書信問源

中國的「書信文化」源遠流長，倘來一次追源溯始，也是既有趣又有意義的事。清末吳曾祺所編的《歷代名人書札》既以「歷代」為題，據此就書信問源，應有所發現。

查《歷代名人書札》收錄的第一篇書信是周秦時期的〈樂毅報燕惠王書〉。燕惠王和樂毅本有嫌隙，齊國攻燕時，惠王派人持書召樂毅回朝候命，但卻以另一人（名字叫騎劫）為主將。樂毅不滿朝廷這個不智的安排，因此投奔到趙國去。後來，齊國田單以火牛陣大破燕軍，燕國大敗不得不割地求和。這時燕惠王又再一次想起樂毅，於是去信請樂毅回燕為國效命，但樂毅卻嚴詞拒絕。他在〈樂毅報燕惠王書〉中針對惠王的無理和虛偽，表明自己對先王的一片忠心，並一一反駁惠王對自己的種種指責和誤解。這封書信可謂擲地有聲，義正詞嚴。

但話得說回來，〈樂毅報燕惠王書〉固然寫得好，若以此置卷首，作為「歷代」的「起點」，卻又不符事實。比〈樂毅報燕惠王書〉更早的書信名篇尚有〈叔向使貽子產書〉、〈鄭子家遺趙宣子書〉、〈子產遺范宣子書〉，這些書信名篇都是春秋時期的作品，按理應選置卷首，才符合「歷代」的「起點」標準。卻原來這些名篇都見於《左傳》——《歷代名

人書札》的例言解釋是「既列為經，概不入選」。「經」是我國儒學的重要文獻，地位超然而不與群書同列，當中包括《周易》、《尚書》、《詩經》、《周禮》、《儀禮》、《禮記》、《左傳》（附《春秋》）、《公羊傳》、《穀梁傳》、《孝經》、《論語》、《爾雅》、《孟子》。我們今天也許不能完全認同「既列為經，概不入選」的取捨標準，但也得尊重、理解前人的甄選原則，若凡事都以今非古，就很難與古人「溝通」的了。

由「蹲鴟」説起

唐代朱揆的《諧噱錄》有一段張九齡嘲笑蕭炅的故事：

> 張九齡知蕭炅不學，故相調謔。一日送芋，書稱「蹲鴟」。蕭答云：「損〔惠〕芋拜嘉，惟蹲鴟未至耳。然僕家多怪，亦不願見此惡鳥也。」九齡以書示客，滿坐大笑。

張九齡是唐代著名詩人、宰相，有學問，他在送禮的附函中刻意刁難蕭炅，不直接寫「芋頭」，而間接地採用芋頭的別稱「蹲鴟」。蕭炅雖貴為侍郎，可惜官大學問小，其不學無術在當時已眾所周知，他當然不知「蹲鴟」就是芋頭的別稱，還望文生義，誤以為「蹲鴟」是「惡鳥」。張九齡把蕭氏的回信公開，眾人都捧腹大笑，一時傳為笑柄。

我不知道「蹲鴟」這個詞在唐代是不是常用語，又「蹲鴟」是芋頭的別名算不算是文人的常識，如果是常用語而又屬於文人常識，蕭炅位高才庸，遭人取笑真是活該。只是若在信函中刻意賣弄深奧用語，亂掉書袋，終致引起誤解，亦非好事。寫信的一方是發放信息，受信的一方是接收信息，寫信時若完全不理會受信人的程度，下筆句句用典又或處處故作曲折，表而不達，是撰寫應用文的大忌。

倘若不是為了有意刁難受信人，下筆時總要「知己知彼」才好。「知彼」尤為重要，書信是否達意，又是否得體，往往得看寫信的人對受信人有多深入的了解。陳垣在 1936 年 12 月 23 日給兒子陳約的信中提到用字因人而異的技巧：「若對世俗人寫信，則『不』字要加『口』作『否』。」在行文句末的「不」乃表示疑問，名篇《陌上桑》中「寧可共載不」一句，句中的「不」就是「嗎」的意思，表示疑問。對文言通假原則有認識的人都會知道，在這種語境下，「不」字與「否」字是相通的。陳垣對兒子說對世俗人寫信要用「否」，意思是受信人如果程度上不認識「不」就是「否」，很可能會感到費解，甚至會以為「不」是「否」的別字。何時用「不」又何時用「否」，講的其實就是「知彼」。

有一次我在信末署名後補添了幾句話，按傳統規矩我在這幾句話之後寫上「少璋又及」，幾天後對方打電話來，問我發的信是否漏掉一頁。原來對方看見信末有「少璋又及」四字，認為「及」字之後應有下文，因此打電話來求證。經一事長一智，日後寫信下筆前，會先「知人論世」一番，務求措辭能「投其所好」，才不至於搞出誤會。

遺書

所謂「人之將死，其言也善」，前人的遺書倘經得起時間考驗而能流傳至今者，我敢說一定有細讀的價值。

有朋友打趣地問「遺書」該怎樣寫，我也打趣地答「想怎麼寫就怎麼寫」。翻過多種應用文寫作專書，都沒有教寫「遺書」的。遺書，廣義來說其實也是書信的一種。人之將死，格式就變得次要了；遺書是一個人留給世間最後的話語記錄，死別留言，往往令讀者有深刻的反省和感悟。2010年出版的《中外名人遺書精編》把遺書的概念延伸至遺囑或最後的講辭，遺書的內容就顯得更多樣化了。

南宋愛國詩人陸游的名篇〈示兒〉雖是七言絕句，但也滿有「遺書」的味道：「死去元知萬事空，但悲不見九州同。王師北定中原日，家祭毋忘告乃翁。」詩人的遺願是九州統一，但自知此願在有生之年都不可能實現，因此叮囑兒子要在功成之日在父親的靈前稟告。

南宋忠臣文天祥，國亡就義時在衣帶中藏着的絕筆書，就是後世稱為〈衣帶贊〉的那篇文字：「孔曰成仁，孟云取義，惟其義盡，所以仁至。讀聖賢書，所學何事，而今而後，庶幾無愧。」忠臣大義凜然，躬行實踐孔孟聖人的仁義之道，不惜犧牲，讀之令人肅然起敬。

近代高僧弘一法師在圓寂前除了預立詳細遺囑外，還寫下了「悲欣交集」四字遺書，為後人留下莊嚴而深刻的感受與啟示。

清代才子金聖嘆因「哭廟案」而被判斬首，《里乘》卷九收錄了才子寫給兒子的遺書：「字付大兒看，鹽菜與黃豆同吃，大有胡桃滋味。此法一傳，我無遺憾矣。」談的不是死別的哀感，交代的也不是甚麼要緊的事，而是一條「鹽菜與黃豆同吃」的「秘方」。後世讀者多方揣測，誓要找出才子遺書中的微言大義，至今雖尚未有確解，然才子遺書已成名篇，膾炙人口。

鑒湖女俠秋瑾因反清被捕，在軒亭口就義前寫下「秋風秋雨愁煞人」的千古名句。她以自己的姓氏起筆，由秋字聯繫到秋雨秋風，就好像當時國家民族一樣地蕭瑟、衰頹，再用秋字加一個「心」字，表達了對國民族命運的「愁」。女俠從容就義，遺言中沒有怨罵沒有求憐，卻深刻地表達出未酬的壯志，言簡意賅，短短七個字到今天還能感動讀者。

烈士林覺民在赴義前寫的〈與妻書〉，是寫給妻子的絕筆書。〈與妻書〉應該屬於遺書，但這遺書的內容不但能講出一番深刻的民族大義、人生道理，而且下筆流暢，感情真摯，其內容既能面向個人（林覺民的妻子），又能面向大眾，實在是一篇情理兼備、發人深省的好文章。

---

* 本文提及的〈與妻書〉，見本書附錄。

無字書信

讀 1905 年北京《商務報》（第 66 期）有「寫信秘法」的記載，重讀這條遠在二十世紀初的「秘法」，覺得非常有趣。筆者為這「寫信秘法」略加簡單標點，抄錄如下：

> 藥水能寫信其字不顯，收信之人用別種藥水擦於其上則字跡依然畢露。其法將葱頭或檸檬果之汁寫字於白紙則字不顯，將其紙加熱則字跡顯明。又方用米粥或小粉水寫字於白紙亦不顯，後用碘浸酒刷於其面字跡即顯明。又法用五倍子浸酒寫字於白紙則字亦不顯，如用皂礬水拭於其面則字跡顯明，另有多方恐中國無此藥科故不備載。

1905 年的《商務報》提供的三個寫「無字書信」方法，用檸檬汁似乎最方便，其餘二法又要煮粥又要釀酒，比較複雜。其實用檸檬汁作「隱形墨水」原理很簡單：檸檬汁在受熱後會因氧化而變成棕色，本來「隱形」的字畫就會在受熱後現出來了。

為了保密，中國古代也用「隱形墨汁」寫書信，這些「無字書信」古時稱為「礬書」。用明礬水寫的保密書信，其字水乾無跡，受濕的時候字跡才會顯現。古時不少皇帝密詔

都用這種方法保密。明末抗清名士方以智的《物理小識》也有「礬書白字」的記載。又成書於明代的《雅餘》，卷五談到墨魚時，說如果用墨魚肚腹內的黑色汁液寫字，隔一段時間字跡會「隱形」——「奸人以此書券，踰年則為白紙」——也不知是真是假。

　　明朝王元壽的〈空緘記〉傳奇講的也是關於「無字書信」的故事，《遠山堂劇品》著錄云：「劉元普之仗義，奇矣。李伯承一不識面之交，以空緘託妻子，奇更出元普上。」故事說李伯承託稱與大善人劉元普交情深厚，臨終時吩咐妻子帶着家小前去投靠。李伯承還寫了一封書信給妻子帶去，其實信內一個字都沒有寫。話說劉元普見李家後人前來投靠，想了半天總想不起曾認識過李伯承其人，又見李家遺孀帶來的書信只是白紙一張，更感奇怪，但也不當面說穿，更順水推舟，說自己確是李伯承的摯交，願意照顧李氏的妻小。這則故事旨在表揚劉氏的無私善心，故事中的「無字書信」並非以「隱形墨水」寫成，這「空緘」水浸火燒都不會見到字跡，但卻能清楚看得到劉元普樂善好施的一面，怪不得《遠山堂劇品》在著錄中對此劇屢屢稱「奇」了。

奪命書

　　小說往往涉及複雜的情節，作者常會利用「書信」幫助交代細節，這些在小說中的書信，從「虛」的角度來看是故事中虛構人物所寫，從「實」的角度來看卻是小說作者本人的手筆，可以說，小說作品中的書信水平，可直接反映作者應用文撰作的水平，這是一個很有趣的閱讀角度。

　　中國古典小說名著《三國演義》有一封很有名的「奪命書」。話說東吳都督周瑜受傷病危，諸葛亮寫了一封信給他，周瑜閱信後仰天長嘆，連叫數聲「既生瑜，何生亮」而亡。那封「奪命書」在原書第五十七回可以找到：

　　　　漢軍師中郎將諸葛亮，致書於東吳大都督公瑾先生麾下：自柴桑一別，至今戀戀不忘。聞足下欲取西川，亮竊以為不可。益州民強地險，劉璋雖闇弱，足以自守；今勞師遠征，轉運萬里，欲收全功，雖吳起不能定其規，孫武不能善其後也。曹操失利於赤壁，志豈須臾忘報讎哉？今足下興兵遠征，倘操乘虛而至，江南齏粉矣。亮不忍坐視，特此告知，幸垂照鑒。

小說家之言當不必盡信，但這封虛構的書信也虛構得十分認真，一點都不馬虎，值得讀者細心欣賞。周瑜是帶兵

的，「麾」是用來指揮軍隊的旗幟，信首用「麾下」提稱，甚合受信人的身分。作者又在主要信息前先聚情誼——自柴桑一別，至今戀戀不忘——也合乎社交的基本禮貌。接着扼要分析周瑜欲取西川的兩大隱患：勞師遠征鞭長莫及、曹操乘機偷襲江南。當提及個人意見時，用上了「竊以為」以表示謙卑，也很得體。信末用上了「幸垂照鑒」，「照鑒」就是請對方「明察」的意思，措辭也十分客氣。整封書信表面上處處替東吳的大局着想，其實目的是要恫嚇周瑜，要他放棄攻打西川的計畫，周瑜是「當局者」，試問又怎會不明白來信的真正用意？周瑜給諸葛亮的來信氣死，這回事雖不符史實，但若從文藝角度而言，這情節安排不單合理，而且很能營造衝擊與張力，而用以「奪命」的那封書信，雖非真正出自諸葛亮手筆，但一樣寫得出「天下第一軍師」那份深算與老謀，確是精彩。

把書信「唱」出來

　　早期的粵劇圈內有句「行話」，說「無《三國》，不成戲」，意思是指那個時代的粵劇多以搬演《三國演義》的故事為主，若不演三國戲，就幾乎無戲可演。這句「行話」頗能反映事實，上世紀初的粵劇，確與「三國」有密切關係，名劇名段如〈陳宮罵曹〉、〈鳳儀亭〉、〈白門樓斬呂布〉、〈古城會〉、〈蘆花蕩〉、〈周瑜歸天〉、〈柴桑弔孝〉、〈七擒孟獲〉、〈祭瀘水〉、〈華容道〉、〈水淹七軍〉、〈千里送嫂〉、〈百萬軍中藏阿斗〉、〈單刀會〉、〈走麥城〉、〈趙子龍催歸〉⋯⋯ 均取材或改編自《三國演義》。

　　前面已撰文談到《三國演義》的那封「奪命書」，在粵劇的三國戲中也有出現過，只是為了要配合粵劇「說唱」的表演程式，這封「奪命書」在某些劇本中給改編成悅耳的唱詞或鏗鏘的唸白。先看看〈周瑜歸天〉的白話唱詞（麥炳榮說唱版本）：

　　　　（中板）大漢軍師多致意，修函都督鑒陳詞。聞君欲取西川何不智，益州民強地險用兵不宜。大敵曹瞞曾失利，常思報復候時機。足下勞師遠征誠大忌，曹操乘虛而至禍在燃眉。（轉催爽七字清）忝屬知交難坐

視，馳書上達肺腑辭。望都督、毋大意，再三思慮、好自為之。

再看〈周瑜寫表〉的古腔唸白（林家聲說唱版本）：

弟亮有書來拜奉，敬達都督小周公。自從勞師與動眾，假途滅虢也相同。既是無才不可動，若是無勇莫稱雄。卵子焉能擋山重，草蛇怎敢敵蛟龍。莫要逞能把計弄，從今少要動兵戎。勸都督、須保重，忍些氣、莫稱雄。從此後、少妄動，知機者、回江東。

讀者不妨重看《三國演義》的「奪命書」，一經對比就會發現改編後的「奪命書」不單保留了原信的主要信息，還符合粵劇曲詞在「音樂」上的要求，因此聲調和韻腳都十分諧協，莫說是唱，就是朗讀也是抑揚有致。以上面兩段唱詞為例，除了一些句中停頓不算，每句都是押韻的（一個仄聲韻腳接一個平聲韻腳），這些優美唱詞一經名伶的聲情演繹，真是繞樑三日，精彩萬分。

金庸修改書信

　　小説中的書信能為讀者提供另一種閱讀收穫，讀者不妨多加留意。武俠小説中常常要「飛鴿傳書」、「留書出走」，書信出現的頻率一般不低，細心閲讀，得着倒也不少。

　　金庸名著《書劍恩仇錄》第一回陸菲青（當時化名陸高止）給學生李沅芷的訣別信，寫得情文並茂，值得細讀，而新舊版有所不同，對比而讀，更可窺見金庸在書信措辭修訂上的細密心思，十分有趣。下面先看看刊於 1955 年 2 月 10 日《新晚報》的舊版本：

> 沅芷女弟青覽：女弟看舞劍而工書字，聽彈琴而辨絕絃，心靈性敏，人中罕見，得徒如此，夫復何憾？然女弟有立雪之心，而愚無時雨之化，三載濫竽，愧無教益，緣盡於此，後會有期。女弟智變有餘，而端凝不足，古云福慧雙修，日後安身立命之道，其在德乎。愚陸高止白。

這信是長輩（老師）寫給後輩（學生），措辭要莊重、大體，才算及格。「青覽」和末啟詞「白」都是用致書於晚輩時常用的用語，用得很對。內容是先就李沅芷的優點作一概述，

還謙稱學生雖有潛質，但當老師的沒有好好教導，教了三年書，都沒有怎樣好好栽培學生，這裏用上了一個「愧」字，既儒雅又滿有感情。最後說老師要離開了，臨別贈言還不忘叮囑學生要在機智之外追求穩重，訓勉學生要重視個人內在修養。這信寫得非常切合「老師」的身分，尤其很有傳統老師的「風格」，總不忘處處提點、字字叮囑，書信中的做人道理都是老師對學生的訓誨，寫來語重心長，十分感人。金庸在修訂小說時，對「陸菲青」這封信還下過一番「優化」工夫，足證他對這封信的重視。新版（明河社版本）中陸菲青的信是這樣的：

> 沅芷女弟青覽：汝心靈性敏，好學善問，得徒如此，夫復何憾。然汝有立雪之心，而愚無時雨之化，三載濫竽，愧無教益，緣盡於此，後會有期。汝智變有餘，而端凝不足，古云福慧雙修，日後安身立命之道，其在修心積德也。愚陸高止白。

較重要的改動有三處。其一是把書中「女弟」改為「汝」，如此更為親切。其二是把「其在德乎」改訂為「其在修心積德也」，使句意更為直接清楚。第三處改動較大，主要是刪掉舊版的「看舞劍」、「聽彈琴」及「人中罕見」等句，改用兩個短句概括交代，令行文節奏更明快。更何況舊版本「人中罕見」一句似乎有點過譽，刪去倒也合理。至於舊版中「看舞劍」和「聽彈琴」兩句，是節錄自成書於明末清初的《幼

李沅芷當下見老師肯教道好玩的法子，真的不對一個人提起。第二天一早，她就到老師書房裏來，那知推門不見陸老師的人影，四下一找，只見書桌上鎮紙下壓着一張紙箋。李沅芷忙拿起來看，上面寫着：

「沅芷女弟青覽：女弟看劍而工苦字，聽彈琴而辨絕絃，心靈性敏，人中罕見，得徒如此，夫復何憾？然女弟有立雪之心，而愚無祛雨之化，三載濫竽，愧無教益。緣盡於此，後會有期。女弟智慧有餘，而端凝不足，古云福慧雙修，日後安身立命之道，其在德乎。愚陸高止白。」

《書劍恩仇錄》第一回（刊於《新晚報》）
（報影由陳鎮輝博士提供，謹此鳴謝。）

學瓊林》，原文是：「看舞劍而工書字，必是心靈；聽彈琴而辨絕絃，無非性敏。」作者除了考慮刪掉直接引錄的部分外，也極有可能是考慮讓「陸菲青」少掉些書袋。

「看舞劍」一句用上了草聖張旭觀賞公孫大娘舞劍器而得到書法啟悟的典故，「聽彈琴」一句則用上了蔡文姬六歲夜辨斷絃次序的典故，而信的下文又另有「立雪」(《宋史》)、「時雨」(《孟子》)、「濫竽」(《韓非子》) 等熟典，如此一來似乎間接地把陸菲青塑造成老學究一般。刪掉最前的兩個典故，只保留「心靈」和「性敏」兩個關鍵用語，讀起來確少了幾分賣弄和堆砌的感覺——我們平日撰寫書信，也要學效金庸認真修改的態度，而不賣弄、不堆砌，更可說是優秀應用文所必須要做到的。

《秋水軒尺牘》的時代精神

　　信函又稱尺牘，把優秀而具代表性的尺牘編集成書，好此道的讀者一定歡迎。清代有三種尺牘名著，以《秋水軒尺牘》最著名，這書雖不是甚麼大部頭大製作，但談到書信，總不可能不提。

　　讀者也許會對這類尺牘匯編有誤解，總認為這些書信的格式、內容和思想都陳舊，不合時宜。我敢說沒有一部書是完全合時宜的，今天出版，當中的某些信息明天就可能過時，這是很正常的。其實讀書總要學習在書中淘取有用的信息。以《秋水軒尺牘》為例，我們大可不必拘泥於一定要學某些舊格式舊稱謂，但恰當的措辭技巧和有效的表達方法，卻是我們可以淘取的寶貴信息。黃子程也曾撰文談過這書，他認為這書收錄的信函「行文簡潔精練，用詞雅致雍容，語態敬謙有度」（〈從《秋水軒尺牘》到今天的書信〉）。他在大學課堂上讓學生閱讀〈與王滄亭〉、〈與陳凝之〉兩信，卻發現沒有一個學生能準確掌握作者的原意。這兩信運用典故較多，而且用詞傾向深奧典雅，莫說是現今的大學生讀不通，我敢說也沒有多少個唸中文的博士或教授能完全讀懂，但我們仍可利用語譯版本，[註] 並選讀些較

[註]　宋晶如註譯、世界書局出版的《秋水軒尺牘》，網上或各大圖書館都可以找到。

淺易並稍具時代氣息的作品，讀起來就不會太吃力，而且容易生起共鳴。以下舉〈賀陳筠青生女〉一信為例：

> 昨得手書，以弟夫人弄瓦而不弄璋，其辭若有憾焉。不知二五搆精，伉儷同功，是誰之過？而為是快快耶？況雛鳳之降，卽以開么鳳之先；謝氏烏衣，不可無林下風以濟其美，正不必謂夢月之不如夢日也。

這封信表面是賀陳氏添了一位千金，但實際上是針對陳氏重男輕女的守舊思想而作勸解。作者說陳氏弄瓦似乎並不快樂，他先指出生兒育女是「伉儷同功」，這裏強調了一個「功」字，所以下文表明在生男生女這回事上都只談「功」，而沒有所謂過錯的。起筆大概是要開導對方不要無故遷怒於妻子，下文接着道出生女的好處。比如說雛鳳開么鳳之先，凰是雌鳳是雄，大自然總會平均調節男女雌雄的比例；是次生女，下一次也許會生男。鳳凰事涉神話傳說，為了加強說服力，作者在信末再以歷史人物為例，他說東晉時謝家是高門大戶，人才輩出，謝家「烏衣子弟」都是名門望族的世家子弟，生男固然可以培養成家族精英，但名媛才女謝道蘊不也是謝家女嗎？她一樣飽讀詩書，神情散朗的優雅氣質時人譽之為「林下風」，有女如此，不也是一椿美事嗎？誰說生女總不如生男？讀到這裏，不由得衷心佩服作者開放的思想，在強調男女平等的今天，這信函所表達的信息，一點都不落後。

《秋水軒尺牘》的作者是許葭村，是道、咸年間落拓文人，母親的棺柩長年停放在庵寺，無計入土，一子二女因天花互相感染，四十天內相繼夭亡。讀其尺牘想其生平，欷歔不已。

《雪鴻軒尺牘》的詼諧書信

清代三種尺牘名著中，一個「秋水軒」之外，還有「雪鴻軒」。

《雪鴻軒尺牘》的作者是龔萼（1738-1811），他與《秋水軒尺牘》的作者許葭村有交往，二人都曾任幕客，並時有信函往來，讀「兩軒」尺牘時不妨留意二人的文字交誼，內容都是真摯友情的寫照。

龔萼的尺牘文筆亦莊亦諧，部分書信寫得很活潑，讀起來一點都不呆板。《雪鴻軒尺牘》中有一封題為「辭壽」的信函，內容主要是婉拒別人為自己做壽的好意。要知道拒絕難，要拒絕好意更難，以下節錄信中精彩部分，且看龔萼筆下的挪移手段：

> ……必其人有德可述，位可尊，始可做壽。如僕之鄙且貧者，何壽之有哉？淮南子云人老成精。俟僕成精作怪時，諸公為僕掛一幅鍾馗捉鬼圖，擺幾席壽酒，聽僕說幾句鬼話，何如？

作者在信中謙稱作「僕」，是舊式書信的措辭慣例，他以有德業、有聲望、有地位為做壽的前提，筆鋒一轉說自己並不符合這個前提，在自謙之餘，又能清楚傳遞拒絕對方好

意的信息。他引用「人老成精」〔註〕，詼諧地說要等自己年紀再大一點，化為精怪時再做壽，到時在壽宴上掛捉鬼圖、說鬼話，也許另有一番熱鬧。中國人一向重視「意頭」，尤其生日更要語出吉祥，但作者別出心裁，把自己的未來壽宴設想成「鬼影幢幢」又「鬼話連篇」，生動好笑之餘亦具見豁達胸懷。作者可以把「拒絕」的對抗氣氛化為輕鬆的婉拒，下筆前是有周詳考慮的。當然，類似上面的「調皮話」要看對象而定，寫信就如講話，一般而言感情越要好就越可以「調皮」，反之則要求莊重有禮，以求恰當設定合理的人際距離。下筆時若錯誤估計自己與受信人在感情上的「密切度」，胡亂「調皮」，就有可能弄巧成拙。

〔註〕 原信說「人老成精」出自《淮南子》，似未見。人老而化成另一物，《淮南子》有「公牛哀（人名）轉病也，七日化為虎」的記載，尺牘引文疑本此。

《小倉山房尺牘》的銳利詞鋒

　　個人性向問題，清代三種尺牘名著中我比較不喜歡《小倉山房尺牘》，總覺得作者在信函中賣弄過甚，詞鋒銳利有餘但情感深度不足。不過，這種書札風格也確能在「兩軒」尺牘的幕客風格外別樹一幟，撇除筆者個人好惡，袁枚信札的價值也是值得肯定的。

　　袁枚名氣大，其「小倉山房」系列或「隨園」系列的著作在當時真是膾炙人口，不少人爭相購閱。他未到中年就不做官，閒居於小倉山隨園中，過着吟詠寫作、宴飲讀書的生活。他的作品中以《隨園食單》最為人所熟知，此外，他的《小倉山房尺牘》，也是不少讀者交口稱譽的作品。

　　袁枚生性好辯也善辯，這方面的性格也多少能在他的信札行文中表露一二。《小倉山房尺牘》中有一封討論「語涉兩歧」的回信，作者回應有關他講話模棱兩可迴避表明立場的指責，他在信中連珠炮發地援引三個「兩歧」的個案，以證明自己只是仿效前人而已。信的內容是這樣的：

　　……《世說》郭林宗與子許、文生二人入市，文生見物必買，子許見物不買，或問林宗：「孰是？」林宗曰：「子許少欲，文生多情。」或問殺羊于元珪大師：

「救者是乎？不救者是乎？」大師曰：「救者慈悲，不救者解脫。」李林甫問大覺禪師曰：「肉當食耶？不當食耶？」師曰：「食是相公的祿，不食是相公的福。」此皆兩歧語也。賢人佛子，尚且然也，而況鄙人乎？

像以上的文字，淺白得幾乎不用翻查工具書，都可以看得明白，行文完全不是深奧的文言，讀起來特別輕鬆。信函提到的郭林宗、元珪大師和大覺禪師，他們回答問題的特色都是「語出兩歧」，總之是不置可否，不表明立場。他們的共通點都是迴避了是非對錯以及肯定否定，只集中指出兩個選項的個性或特點，提問者往往對這些「兩歧」回應無所適從。袁枚才子書讀得多，信札中隨便掉三兩個書袋便趣味橫生，我說他的尺牘作品「詞鋒銳利有餘但情感深度不足」，但觀這封談「兩歧」的書信，讀者大概可以了解一二。

對聯分上下

「喜聯」是指喜慶婚嫁時貼掛的對聯,「輓聯」則是用於弔唁亡人的對聯。喜聯用以表達祝福,語貴吉祥;輓聯用以表達哀思,語貴莊重。舊式的應用文專書總會另闢專章說明如何撰寫對聯,但撰聯其實涉及文學創作,並非單看幾條說明指引就可以擬得好,加上對聯在現今社會已不大流行,張貼的多是買回來的現成對聯,學撰聯的人不多,能寫出色對聯的人也不多。

對聯,除了異類奇聯不計,最基本的要求是上下聯字數相同,聲調、詞性要相對,上下聯意思或聯屬或互補;是一門很深的學問。筆者無意在此介紹撰寫對聯的方法,我只從最實用的角度切入,就是張貼對聯時怎樣分辨上下聯。

上聯在右,下聯在左;所謂左右,是以讀者面朝對聯的方向為依據。一幅對聯無論長短,總分成兩幅,要分上下聯就要看兩幅聯語最末一字。聯語最末一字若是仄聲,是上聯,貼在右邊;聯語最末一字若是平聲,是下聯,貼在左邊。聯分上下總要緊記「仄起平收」這口訣,就不會搞亂次序。

我們常會看到一些現成的對聯,如「幸有香車迎淑女,

愧無旨酒宴嘉賓」，這副七字喜聯「女」字是仄聲、「賓」字是平聲，上下聯就分得清清楚楚。又如香港跑馬地天主教聖彌額爾墳場門外的「今夕吾軀歸故土，他朝君体（體）也相同」，詞句上雖然對得不太工整（「歸故土」與「也相同」對未工），但在張貼或懸掛時也是「仄起平收」：「土」字是仄聲，貼在右邊；「同」字是平聲，貼在左邊。[註]

「仄起平收」的原則還可以應用到其他範疇。比如大廈管理人員在中秋節或聖誕節每每會在屋苑大門兩旁張貼慶賀節日的祝福語，這些短語不一定是「對聯」，但在張貼時也可以考慮作「仄起平收」的安排。如「中秋佳節（仄）」、「人月兩圓（平）」；「普天同慶（仄）」、「火樹銀花（平）」。

跑馬地天主教聖彌額爾墳場門外的「名聯」

〔註〕 跑馬地天主教聖彌額爾墳場兩門分別展示了「今夕吾軀歸故土，他
朝君体（體）也相同」和「今生相愛於基督，來日重逢在天上」兩組
句子，其實四句句子是一首譯詩，只因「今夕」一組句子位置較當
眼而句構句意又有點對聯的味道，因此大眾都把這組句子當作「對
聯」。本文在隨俗之餘，也在此向讀者說明事實。又本文談及對聯
「仄起平收」固然是大原則，但例外者還是有的，如嶽麓書院大門
名聯「惟楚有材，於斯為盛」，就是「平起仄收」。

附錄

司馬遷：〈報任安書〉（選段）

古者富貴而名摩滅，不可勝記，唯俶儻非常之人稱焉。蓋西伯拘而演《周易》；仲尼厄而作《春秋》；屈原放逐，乃賦《離騷》；左丘失明，厥有《國語》；孫子髕腳，《兵法》修列；不韋遷蜀，世傳《呂覽》；韓非囚秦，《說難》、《孤憤》。《詩》三百篇，大氐賢聖發憤之所為作也。此人皆意有所鬱結，不得通其道，故述往事，思來者。及如左丘明無目，孫子斷足，終不可用，退論書策以舒其憤，思垂空文以自見。僕竊不遜，近自託於無能之辭，網羅天下放失舊聞，考之行事，稽其成敗興壞之理，凡百三十篇，亦欲以究天人之際，通古今之變，成一家之言。草創未就，適會此禍，惜其不成，是以就極刑而無慍色。僕誠已著此書，藏之名山，傳之其人通邑大都，則僕償前辱之責，雖萬被戮，豈有悔哉！然此可為智者道，難為俗人言也。

李陵：〈答蘇武書〉

子卿足下：勤宣令德，策名清時，榮問休暢，幸甚幸甚！遠託異國，昔人所悲，望風懷想，能不依依！昔者不遺，遠辱還答，慰誨勤勤，有踰骨肉。陵雖不敏，能不慨然！自從初降，以至今日，身之窮困，獨坐愁苦，終日無睹，但見異類。韋韝毳幕，以禦風雨。羶肉酪漿，以充飢渴。舉目言笑，誰與為歡？胡地玄冰，邊土慘裂，但聞悲

風蕭條之聲。涼秋九月，塞外草衰。夜不能寐，側耳遠聽，胡笳互動，牧馬悲鳴，吟嘯成群，邊聲四起。晨坐聽之，不覺淚下。嗟乎子卿！陵獨何心，能不悲哉！

與子別後，益復無聊。上念老母，臨年被戮；妻子無辜，並為鯨鯢。身負國恩，為世所悲。子歸受榮，我留受辱，命也如何！身出禮義之鄉，而入無知之俗，違棄君親之恩，長為蠻夷之域，傷已！令先君之嗣，更成戎狄之族，又自悲矣！功大罪小，不蒙明察，孤負陵心，區區之意，每一念至，忽然忘生。陵不難刺心以自明，刎頸以見志，顧國家於我已矣。殺身無益，適足增羞，故每攘臂忍辱，輒復苟活。左右之人，見陵如此，以為不入耳之歡，來相勸勉。異方之樂，祇令人悲，增忉怛耳。

嗟呼！子卿！人之相知，貴相知心。前書倉卒，未盡所懷，故復略而言之：昔先帝授陵步卒五千，出征絕域，五將失道，陵獨遇戰。而裹萬里之糧，帥徒步之師，出天漢之外，入強胡之域。以五千之眾，對十萬之軍，策疲乏之兵，當新羈之馬。然猶斬將搴旗，追奔逐北，滅跡掃塵，斬其梟帥。使三軍之士，視死如歸。陵也不才，希當大任，意謂此時，功難堪矣。

匈奴既敗，舉國興師，更練精兵，強踰十萬。單于臨陣，親自合圍。客主之形，既不相如步馬之勢，又甚懸絕。疲兵再戰，一以當千，然猶扶乘創痛，決命爭首，死傷積野，餘不滿百，而皆扶病，不任干戈。然陵振臂一

呼，創病皆起，舉刃指虜，胡馬奔走；兵盡矢窮，人無尺鐵，猶復徒首奮呼，爭為先登。當此時也，天地為陵震怒，戰士為陵飲血。單于謂陵不可復得，便欲引還。而賊臣教之，遂便復戰。故陵不免耳。

昔高皇帝以三十萬眾，困於平城，當此之時，猛將如雲，謀臣如雨，然猶七日不食，僅乃得免。況當陵者，豈易為力哉？而執事者云云，苟怨陵以不死。然陵不死，罪也；子卿視陵，豈偷生之士，而惜死之人哉？寧有背君親，捐妻子，而反為利者乎？然陵不死，有所為也，故欲如前書之言，報恩於國主耳。誠以虛死不如立節，滅名不如報德也。昔范蠡不殉會稽之恥，曹沫不死三敗之辱，卒復勾踐之讎，報魯國之羞。區區之心，切慕此耳。何圖志未立而怨已成，計未從而骨肉受刑？此陵所以仰天椎心而泣血也！

足下又云：「漢與功臣不薄。」子為漢臣，安得不云爾乎？昔蕭樊囚縶，韓彭葅醢，晁錯受戮，周魏見辜，其餘佐命立功之士，賈誼亞夫之徒，皆信命世之才，抱將相之具，而受小人之讒，並受禍敗之辱，卒使懷才受謗，能不得展。彼二子之遐舉，誰不為之痛心哉！陵先將軍，功略蓋天地，義勇冠三軍，徒失貴臣之意，到身絕域之表。此功臣義士所以負戟而長歎者也！何謂不薄哉？

且足下昔以單車之使，適萬乘之虜，遭時不遇，至於伏劍不顧，流離辛苦，幾死朔北之野。丁年奉使，皓首而

歸。老母終堂，生妻去帷。此天下所希聞，古今所未有也。蠻貊之人，尚猶嘉子之節，況為天下之主乎？陵謂足下，當享茅土之薦，受千乘之賞。聞子之歸，賜不過二百萬，位不過典屬國，無尺土之封，加子之勤。而妨功害能之臣，盡為萬戶侯，親戚貪佞之類，悉為廊廟宰。子尚如此，陵復何望哉？

且漢厚誅陵以不死，薄賞子以守節，欲使遠聽之臣，望風馳命，此實難矣。所以每顧而不悔者也。陵雖孤恩，漢亦負德。昔人有言：「雖忠不烈，視死如歸。」陵誠能安，而主豈復能眷眷乎？男兒生以不成名，死則葬蠻夷中，誰復能屈身稽顙，還向北闕，使刀筆之吏，弄其文墨耶？願足下勿復望陵！

嗟乎！子卿！夫復何言！相去萬里，人絕路殊。生為別世之人，死為異域之鬼，長與足下生死辭矣！幸謝故人，勉事聖君。足下胤子無恙，勿以為念，努力自愛！時因北風，復惠德音！李陵頓首。

李密：〈陳情表〉

臣密言：臣以險釁，夙遭閔凶。生孩六月，慈父見背。行年四歲，舅奪母志。祖母劉愍臣孤弱，躬親撫養。臣少多疾病，九歲不行；零丁孤苦，至于成立。既無叔伯，終鮮兄弟；門衰祚薄，晚有兒息。外無期功強近之

親，內無應門五尺之僮；煢煢獨立，形影相弔。而劉夙嬰疾病，常在床蓐；臣侍湯藥，未曾廢離。

逮奉聖朝，沐浴清化。前太守臣逵，察臣孝廉；後刺史臣榮，舉臣秀才；臣以供養無主，辭不赴命。詔書特下，拜臣郎中；尋蒙國恩，除臣洗馬。猥以微賤，當侍東宮，非臣隕首所能上報。臣具以表聞，辭不就職。詔書切峻，責臣逋慢。郡縣逼迫，催臣上道；州司臨門，急於星火。臣欲奉詔奔馳，則劉病日篤；欲苟順私情，則告訴不許。臣之進退，實為狼狽。

伏惟聖朝以孝治天下，凡在故老，猶蒙矜育；況臣孤苦，特為尤甚。且臣少仕偽朝，歷職郎署，本圖宦達，不矜名節。今臣亡國賤俘，至微至陋，過蒙拔擢，寵命優渥；豈敢盤桓，有所希冀！但以劉日薄西山，氣息奄奄，人命危淺，朝不慮夕。臣無祖母，無以至今日；祖母無臣，無以終餘年。母孫二人，更相為命；是以區區，不能廢遠。臣密今年四十有四，祖母劉今年九十有六，是臣盡節於陛下之日長，報養劉之日短也。烏鳥私情，願乞終養！

臣之辛苦，非獨蜀之人士，及二州牧伯，所見明知；皇天后土，實所共鑒。願陛下矜愍愚誠，聽臣微志；庶劉僥倖，保卒餘年。臣生當隕首，死當結草。

臣不勝犬馬怖懼之情，謹拜表以聞。

洪亮吉：〈出關與畢侍郎箋〉

自渡風陵，易車而騎，朝發蒲坂，夕宿鹽池。陰雲蔽虧，時雨凌厲。自河以東，與關內稍異，土逼若衖，塗危入棧。原林黯慘，疑披谷口之霧；衢歌哀怨，恍聆山陽之笛。

日在西隅，始展黃君仲則殯于運城西寺。見其遺棺七尺，枕書滿篋。撫其吟案，則阿䃘之遺箋尚存；披其縗帷，則城東之小史既去。蓋相如病肺，經月而難痊；昌谷嘔心，臨終而始悔者也。猶復丹鉛狼藉，几案紛披，手不能書，畫之以指。此則杜鵑欲化，猶振哀音；鷙鳥將亡，冀留勁羽；遺棄一世之務，留連身後之名者焉。

伏念明公，生則為營薄宦，死則為卹衰親。復發德音，欲梓遺集。一士之身，玉成終始，聞之者動容，受之者淪髓。冀其遊岱之魂，感恩而西顧；返洛之旐，銜酸而東指。又況龔生竟夭，尚有故人；元伯雖亡，不無死友，他日傳公風義，勉其遺孤，風茲來禩，亦盛事也。

今謹上其詩及樂府共四大冊。此君平生與亮吉雅故，惟持論不同，嘗戲謂亮吉曰：「予不幸早死，集經君訂定，必乖余之指趣矣。」省其遺言，為之墮淚。今不敢輒加朱墨，皆封送閣下，暨與述菴廉使，東有侍讀，共刪定之。即其所就，已有足傳，方乎古人，無愧作者。惟藥草皆其手寫，別無副本，梓後尚望付其遺孤，以為手澤耳。

亮吉十九日已抵潼關，馬上率啟，不宣。

曾國藩：《曾國藩家書》（選段）

四位老弟足下：

……吾人為學，最要虛心。嘗見朋友中有美材者，往往恃才傲物，動謂人不如己，見鄉墨則罵鄉墨不通，見會墨則罵會墨不通，既罵房官，又罵主考，未入學者，則罵學院。平心而論，己之所為詩文，實亦無勝人之處；不特無勝人之處，而且有不堪對人之處。只為不肯反求諸己，便都見得人家不是，既罵考官，又罵同考而先得者。傲氣既長，終不進功，所以潦倒一生而無寸進也。

余平生科名極為順遂，惟小考七次始售。然每次不進，未嘗敢出一怨言，但深愧自己試場之詩文太醜而已。至今思之，如芒在背。當時之不敢怨言，諸弟問父親、叔父及朱堯階便知。蓋場屋之中，只有文醜而僥幸者，斷無文佳而埋沒者，此一定之理也。

三房十四叔非不勤讀，只為傲氣太勝，自滿自足，遂不能有所成。京城之中，亦多有自滿之人，識者見之，發一冷笑而已。又有當名士者，鄙科名為糞土，或好作詩文（一作「古」，諒誤），或好講考據，或好談理學，囂囂然自以為壓倒一切矣。自識者觀之，彼其所造，曾無幾何，亦足發一冷笑而已。故吾人用功，力除傲氣，力戒自滿，毋為人所冷笑，乃有進步也。

諸弟平日皆恂恂退讓，第累年小試不售，恐因憤激之

久，致生驕惰之氣，故特作書戒之。務望細思吾言而深省焉，幸甚幸甚！國藩手草。

王羲之：〈奉橘帖〉

奉橘三百枚。霜未降。未可多得。

王羲之：〈喪亂帖〉

羲之頓首：喪亂之極，先墓再離荼毒，追惟酷甚，號慕摧絕，痛貫心肝，痛當奈何奈何！雖即修復，未獲奔馳，哀毒益深，奈何奈何！臨紙感哽，不知何言。羲之頓首頓首。

林覺民：〈與妻書〉

意映卿卿如晤：吾今以此書與汝永別矣！吾作此書時，尚為世中一人；汝看此書時，吾已成為陰間一鬼。吾作此書，淚珠和筆墨齊下，不能竟書而欲擱筆，又恐汝不察吾衷，謂吾忍舍汝而死，謂吾不知汝之不欲吾死也，故遂忍悲為汝言之。

吾至愛汝，即此愛汝一念，使吾勇於就死也。吾自遇汝以來，常願天下有情人都成眷屬；然遍地腥雲，滿街狼犬，稱心快意，幾家能彀？司馬青衫，吾不能學太上之忘

情也。語云：仁者「老吾老，以及人之老；幼吾幼，以及人之幼」。吾充吾愛汝之心，助天下人愛其所愛，所以敢先汝而死，不顧汝也。汝體吾此心，於啼泣之餘，亦以天下人為念，當亦樂犧牲吾身與汝身之福利，為天下人謀永福也。汝其勿悲！

汝憶否四五年前某夕，吾嘗語曰：「與使吾先死也，無寧汝先吾而死」。汝初聞言而怒，後經吾婉解，雖不謂吾言為是，而亦無辭相答。吾之意蓋謂以汝之弱，必不能禁失吾之悲，吾先死留苦與汝，吾心不忍，故寧請汝先死，吾擔悲也。嗟夫！誰知吾卒先汝而死乎？

吾真真不能忘汝也！回憶後街之屋，入門穿廊，過前後廳，又三四折，有小廳，廳旁一室，為吾與汝雙棲之所。初婚三四個月，適冬之望日前後，窗外疏梅篩月影，依稀掩映；吾與汝並肩攜手，低低切切，何事不語？何情不訴？及今思之，空餘淚痕。又回憶六七年前，吾之逃家復歸也，汝泣告我：「望今後有遠行，必以告妾，妾願隨君行。」吾亦既許汝矣。前十餘日回家，即欲乘便以此行之事語汝，及與汝相對，又不能啟口，且以汝之有身也，更恐不勝悲，故惟日日呼酒買醉。嗟夫！當時余心之悲，蓋不能以寸管形容之。

吾誠願與汝相守以死，第以今日事勢觀之，天災可以死，盜賊可以死，瓜分之日可以死，奸官污吏虐民可以死，吾輩處今日之中國，國中無地無時不可以死，到那時

使吾眼睜睜看汝死，或使汝眼睜睜看我死，吾能之乎？抑汝能之乎？即可不死，而離散不相見，徒使兩地眼成穿而骨化石，試問古來幾曾見破鏡能重圓？則較死為苦也，將奈之何？今日吾與汝幸雙健。天下人人不當死而死與不願離而離者，不可數計，鍾情如我輩者，能忍之乎？此吾所以敢率性就死不顧汝也。吾今死無餘憾，國事成不成自有同志者在。依新已五歲，轉眼成人，汝其善撫之，使之肖我。汝腹中之物，吾疑其女也，女必像汝，吾心甚慰。或又是男，則亦教其以父志為志，則我死後尚有二意洞在也。甚幸，甚幸！吾家後日當甚貧，貧無所苦，清靜過日而已。

吾今與汝無言矣。吾居九泉之下遙聞汝哭聲，當哭相和也。吾平日不信有鬼，今則又望其真有。今人又言心電感應有道，吾亦望其言是實，則吾之死，吾靈尚依依旁汝也，汝不必以無侶悲。

吾平生未嘗以吾所志語汝，是吾不是處；然語之，又恐汝日日為吾擔憂。吾犧牲百死而不辭，而使汝擔憂，的的非吾所忍。吾愛汝至，所以為汝謀者惟恐未盡。汝幸而偶我，又何不幸而生今日之中國！吾幸而得汝，又何不幸而生今日之中國！卒不忍獨善其身。嗟夫！巾短情長，所未盡者，尚有萬千，汝可以模擬得之。吾今不能見汝矣！汝不能舍吾，其時時於夢中得我乎！一慟！

辛亥三月念六夜四鼓，意洞手書。

家中諸母皆通文，有不解處，望請其指教，當盡吾意
為幸。

後記

　　最愛讀一些「借索類」書信，寫信向人借錢尤能見作者筆底功夫，優秀的借索文案一定情理兼備且具說服力，是很好的應用範文：

　　　　欲往芳野行腳，希惠借銀五錢。此係勒借，容當奉還。唯老夫之事，亦殊難說耳。（日本詩人松尾芭蕉）

　　　　……曼前離燕時，已囊空若洗，幸朋友周旋，不致悲窮途也，自初九日由杭返滬，舉目無親，欲航海東游，奈吾表兄尚無回信，欲南返故鄉，又無面目見江東父老，是以因循海上，卒至影落江湖，無可奈何，遷往愛國（上海某女校名），目下剃頭洗身之費俱無，嗟夫長者，情何以堪？今不得不再向長者告貸三十元……。（民國詩僧蘇曼殊）

　　　　……屢欲登山一申契闊，而賤恙比前更劇，稍一行動，即喘咳不休，每食不過勺米，辟穀成仙，蓋不遠矣。頃又迫節關，無力奔走，不得已乃懇賜設法萬金，度此塵劫。死罪死罪……。（台灣詩人周棄子）

人生實難，窮途潦倒向人借貸還要不忘斟酌措辭。人生識字憂患之始，想不到還是以憂患終。松尾芭蕉算是最無賴，說還又暗示不一定還。曼殊真性情，好友諒不至見死不救。周公一身傲骨，向江兆申借錢要渡過的不是窮愁生活而是「塵劫」。「桑海幾經塵劫壞，江山獨恨酒腸乾」，元好問這兩句詩最能代表周公當時的心情。

學寫應用文可以學到向人成功借索，真是「應用」之極至，可惜現在借錢卻只需手提電話和身分證——甚至不需要；向朋友借貸的話都多在電話短信上留言「近來手頭有點緊……」，像曼殊或周公的「酬世文筆」，大概都成絕響。中國的魚雁文化在在與書法藝術、語言文學以及收藏學問大有關連，只是新世代公文文案都電子化，所謂書法藝術和收藏學問已然淪陷，只剩下「語言文學」最後一個關口，把關不力的話，早晚全軍覆亡。

即使只剩一夫當關，也要好好地認真守住——「但使龍城飛將在」；歇後語是：「不許胡來」！

再版感言

　　《魚雁志》初版賣了整整三年終於售罄，出版社信心不減，認為細水不妨長流，決定再版身為作者斷無反對之理。我反而是感到有點歉意：書賣得實在有點慢。

　　此書初版時我和出版社都對銷路頗有信心，因為無論選題、角度、筆法以至篇幅，我們都用心計畫過，連封面設計都細細斟酌一改再改，初印部分成品因品相效果與預期想像略有差距，雖然絕不影響閱讀，但出版社還是不避麻煩，在精益求精的前提下，不惜工本，拆裱重裝。

　　我跟陳年書友分享《魚雁志》終能再版的好消息，但也不無感慨地說：書實在不易賣。書友旁觀者清，說書的內容再好也得有個好名字才能吸引讀者。我為此整整想了大半天，「魚雁志」又古雅又有深意，而且書名下又有副題清楚說明本書的具體內容，讀者一目了然，難道真的要把書名改為「一本讀通應用文」或「應用文寫作須知」？書友施施然說：「書名『魚雁志』固然好，但『朱少璋』三個字對讀者而言，卻欠吸引力。」

　　由史丹佛大學文學實驗室茱蒂・亞契（Jodie Archer）和馬修・賈克斯（Matthew L. Jockers）合著的《暢銷書密碼》認為書籍暢銷與否跟作者名氣無關。另邊廂《哈利波特》的

作者羅琳刻意不吃「名氣」老本，2013年暗中改換另一個名字出版的新作《杜鵑的呼喚》三個月間只賣出約五百冊，銷情果然慘淡。後來經《星期日泰晤士報》報道「真相」，讀者慕羅琳的才名又爭相購閱，銷量忽然颺升，還登上了亞馬遜暢銷榜首位，一時英倫紙貴。羅琳畢竟性情中人，沒有因新書暢銷而歡喜反而為此十分生氣，還打算把洩露真相者告上法庭。

　　畏友向來可怕，真心話都像「羅琳個案」一樣，毫不留情地把鐵事實釘錐在問題的核心處。大丈夫還是行不改名坐不改姓，為此，我更感激《魚雁志》的每一位讀者——不管他們是否認識朱少璋。

2020 年 6 月補記於東樓

責任編輯：羅國洪

審稿編輯：吳君沛

封面設計：洪清淇

魚雁志
應用文措辭例話及文化趣談

作者：朱少璋

出　　版：匯智出版有限公司

　　　　　香港九龍尖沙咀赫德道2A首邦行8樓803室

　　　　　電話：2390 0605　　傳真：2142 3161

　　　　　網址：http://www.ip.com.hk

發　　行：香港聯合書刊物流有限公司

　　　　　香港新界大埔汀麗路36號中華商務印刷大廈3字樓

　　　　　電話：2150 2100　　傳真：2407 3062

印　　刷：陽光(彩美)印刷有限公司

版　　次：2017年5月初版

　　　　　2020年7月修訂再版

國際書號：978-988-77711-0-4